万葉難訓歌の研究

間宮厚司著

法政大学出版局

教えを受けた先生方に捧ぐ

序

間宮君は、沖縄の古代歌謡『おもろさうし』の研究をしている。卒業論文では、『おもろさうし』に見られる係り結び、すなわちゾに当たるduとコソに当たるsuの全体像をきれいに解明した。そのうちに、『万葉集』のいわゆる難訓の歌の解読に手をつけ、仲々面白い見事な考えを披露し、その成果をここに集めた。

間宮君は将棋が強い。四段だそうである。今も専門家の教えを乞いに通っているらしい。将棋には詰将棋がある。これはある限定された局面を設定して、王手の連続で王将を詰めるものである。中には、「詰むや詰まざるや」と問いかける極めて難解な江戸時代の詰将棋の本もある。

『万葉集』の難訓の歌は、彼には詰将棋に見えるのではなかろうか。何とかして詰ませたい。何とかして一首まとまった意味にとれるような技を見出したい。

『万葉集』の難訓の歌は、しかし尋常の手順では解けないからこそ、難訓として古来残されて来たわけである。答えはどうしても誤字説になりやすい。しかし、今日の万葉学界では、『校本万葉集』

の刊行以来、誤字説は概して歓迎されない。だから、余程明快な解決がもたらされない限り、学者の賛同を得ることはむつかしい。

それにもかかわらず、解けないものを何とかして解こうとするのは、学問の一つの基本的態度である。本書に提出された考えの中には仲々よいものがある。

ただ、将棋も詰将棋だけを作ったり、解いたりしているのでは、将棋全体を把握することは出来ない。将棋の盤面は八十一区ある。八十一区全体にわたる駒の組み立て、働きが見えるようになって、はじめて将棋は強いと言える。彼は将来、国語学の八十一区に目をくばるように眼界を広く持って、それぞれの角度から深く鋭く日本語を見るようになるだろう。

本書は、間宮君の学問史の前期の作品集である。今後は『おもろさうし』の係り結びの働きを看破したような、そういう一つ一つの未知の原則の発見という領域に、さらに駒を進めて欲しいと期待している。

二〇〇〇年一一月

大野　晋

まえがき

和歌文学史上、ひときわ大きく光り輝く万葉歌人、柿本人麻呂。その歌聖《かせい》とも称される人麻呂の名歌として、『万葉集』の一三三番歌は、教科書に掲載されることが多い。今それを日本古典文学大系『万葉集』（岩波書店）から示そう。

小竹《ささ》の葉はみ山もさやに乱《みだ》るともわれは妹思ふ別れ来ぬれば

ところが、これを日本古典文学全集『万葉集』（小学館）の方で見ると、今度は次のようになっている。

笹《ささ》の葉はみ山もさやにさやげども我《われ》は妹思《おも》ふ別《わか》れ来《き》ぬれば

どちらのテキストも、『万葉集』研究において指導的な立場にある専門家三名が、長年協力し合って著したものである。にもかかわらず、傍線を引いた第三句の歌詞は、「乱《みだ》るとも」と「さやげども」とで異なる。

そもそも、奈良時代の『万葉集』は漢字ばかりで書かれていた。それが平安時代以降になって、平仮名や片仮名による訓《よ》みが付けられるようになった。今日では歌を漢字平仮名交じりで書くのが普通である。しかし、それは漢字だけの歌を読みやすくするために万葉学者が研究して、書き直した結果に過ぎない。

人麻呂の一三三番歌を本来の漢字のみの表記に戻せば、左のようになる。

小竹之葉者　三山毛清尓　乱友　吾者妹思　別来礼婆　（万二・一三三）

この歌を複数の注釈書に当たって調べてみる。すると、「乱友」をミダルトモと訓むものがあったり、サヤゲドモと訓むものがあったりして、訓読の仕方が一つに定まっていないことに気づく。しかも、訓みは同じサヤゲドモなのに、さわやかな風景だったり、不気味な風景だったり、昼の歌だったり、夜の歌だったりといった具合に、研究者の間でも解釈が揺れ動いている。

こうした研究の実情を知ると、歌の訓み方や解釈は一つに決まっているものと疑わずにいた人は、だんだんと不安になってくる。いったいどれを信じたらよいのか、と。

それ以上に驚かされるのは、訓じ方が不明。すなわち、信頼の置けるテキストをひもといても訓めないでいる歌句が、ごく少数だが存在することだ。例えば、次の二首がそれである。

莫囂円隣之　大相七兄爪湯気　吾瀬子之《ワガセコガ》　射立為兼《イタタセリケム》　五可新何本《イツカシガモト》　（万一・九）

不念乎《オモハヌヲ》　思常云者《オモフトイハバ》　天地之《アメツチノ》　神祇毛知寒《カミモシラサム》　邑礼左変　（万四・六五五）

右のうち、「莫囂円隣之……」で始まる九番歌は、女流歌人として名高い額田王の作だが、上二句の訓義がわからない。これは『万葉集』で最もよく知られた難訓箇所である。

また、六五五番歌は初句から第四句までは完全に訓めているのに、結句の「邑礼左変」を訓み解くことができないでいる。

では、次の山上憶良の歌はどうか。

鳥翔成　有我欲比管《アリガヨヒツツ》　見良目杼母《ミラメドモ》　人社不知《ヒトコソシラネ》　松者知良武《マツハシルラム》　（万二・一四五）

初句の「鳥翔成」には従うべき訓なしと判断して、原文のまま訓まないテキストもある。しかし、中にはツバサナス（翼なす）やアマガケリ（天翔り）と訓じるものもある。そこで、いろいろ調べてみると、「鳥翔成」には何と十種以上の訓み方が、すでに提出されているのである。

そして、次のようなケースもある。

三薦苅《ミコモカル》　信濃乃真弓《シナノノマユミ》　不引為而《ヒカズシテ》　弦作留《ヲハクル》行事乎《ワザヲ》　知跡言莫君二《シルトイハナクニ》　（万二・九七）
三諸之《ミモロノ》　神之神須疑《ミワノカムスギ》　已具耳矣自得見監乍共　不寝夜叙多《イネヌヨゾオホキ》　（万二・一五六）

九七番歌の第四句ヲハクルは、「（弓に）弦《つる》を掛ける」という意を表す。ただし、「弦作留」の「弦」の文字は現存する古写本のどこにも見出せず、古写本には「強佐留」または「強作留」とあるのみ。ただ、それではどうしても解読できないと考えて、もともと「弦作留」であったものが書写の段階で「弦→強」に書き誤ったと見なす、いわゆる誤字説が登場したのである。このヲハクルは誤字を想定することによって導き出された訓み方であるから、テキストによっては古写本に見える「強佐留」もしくは「強作留」のまま、訓みを保留しているものもある。

それから、一五六番歌の第三・四句については、戦後の注釈書のほとんどが訓義未詳としている。そのような中で、日本古典文学大系『万葉集』は当該歌の頭注で、

夢にだに―以下難解で古来有名。已具は已目の誤としてイメ（夢）と訓む。矣自は合せて谷の誤として助詞ダニと解する。得は将の誤として、見監（ミル）と合してミムと訓む。乍は為の誤、為（スレ）と解する。

と説くが、これも誤字説で、本文を「已具耳矣自得見監乍共」から「已目耳谷将見監為共」に改めた上で、「夢《いめ》にだに見むとすれども」と訓読したのである。そして、一首を「三輪山の神杉を見るように、せめて夢にだけでも十市皇女を見ようとするけれども、皇女を失った悲しみに、眠れない夜が多いことである」と解釈する。

こういった誤字説が現れる背景には、『万葉集』の原本は現存せず、平安時代中期以降の転写本しか残っていないという事情がある。よって、本来の文字がどうであったかは今や誰にもわからない。人間の行為である以上、書き写す途中で写し間違えることも皆無ではなかったと思われる。難訓歌の中には説得力のある合理的な誤字を考えることで、解決するものがあるのかも知れない。

もう一つ、持統天皇作の挽歌を見よう。

燃火物《モユルヒモ》　取而裹而《トリテツツミテ》　福路庭《フクロニハ》　入燈不言八《イルトイハズヤ》　面智男雲　（万二・一六〇）

結句の「面智男雲」には定訓がなく、訓まないテキストもある。また、テキストによっては第四句を「入燈不言八面《イルトイハズヤモ》」の「面」字までと考えて、結句を「智男雲」の三文字と見なすものもある。どうして、第四句と結句の切れ目に見解の相違が生じるのか。それは古写本では「燃火物取而裹而福路庭入燈不言八面智男雲」のように、句と句の切れ目ごとに一文字分のスペースを設ける書き方をしていなかったからである。したがって、どこが句と句の境なのかは、一見しただけでは、すぐに決定することができない場合もある。

右に紹介した『万葉集』の九番・九七番・一三三番・一四五番・一五六番・一六〇番・六五五番の計七首の訓読と解釈について、筆者は拙い論文を曲がりなりにも書いてきた。本書は、それらの拙稿を基本に据え、一首に一章ずつ設けて、計七章にまとめ直したものである。各章は、それぞれが独立・完結した一つの論になっているから、どこの章からでも読み進めることができる。また、内容を早くお知りになりたい方には、「各章の要旨と結論」を最後にまとめて示しておいたので、そちらを先にお読みいただきたい。

それと、参照した先行研究は、なるべく本文中に明記するよう努めたが、単語の意味や用例の所在（用例数）などを調べる際に利用した辞典・索引については一々それを記すことをしなかった。ただし、『日本国語大辞典』（小学館）・『角川古語大辞典』（角川書店）・『古語大辞典』（小学館）・『岩波古語辞典（補訂版）』（岩波書店）・『時代別国語大辞典・上代編』（三省堂）・『大漢和辞典』（大修館）・『学研漢和大字典』（学習研究社）・『万葉集総索引（単語・漢字篇）』（平凡社）・『万葉集各句索引』（塙書房）・『新編国歌大観CD-ROM版』（角川書店）は大いに活用させていただいた。また、古写本のコピーはすべて複製本からのカットによる。なお、『万葉集』の本文（原文と訓み下し）については、日本古典文学全集『万葉集』（小学館）に原則として従った。

万葉難訓歌を解読する試みは、広範多岐にわたる『万葉集』研究の全体から見れば、実にマイナーな領域に違いない。現に、多くの研究者は深入りしても徒労に終わる可能性大と考えており、それは否定できない。ただ、だからといって誰も挑戦しなければ、前進・深化させることは永久にできない。学問の歴史はいかなる分野においても、訂正や修正の繰り返しの歴史と言えよう。結局いつの時代も、誰かの失敗を土台にして、それを誰かが乗り越えて行くのである。

本書で取り上げる七首の訓読と解釈に関しては、すでに先学による答えがいくつも提出されている。けれども、筆者には従来の解答に必ずしも納得・満足できないところがあり、新たな答案を自分なりに作成してみた。この研究が契機となり、今後の難訓歌の研究がほんのわずかでも進展するならば、それは誠に喜ばしいことである。

目次

第一章　九番歌の訓解

はじめに

莫囂円隣之　大相七兄爪湯気　吾瀬子之《ワガセコガ》　射立為兼《イタタセリケム》　五可新何本《イツカシガモト》　（万一・九）

これは俗に「莫囂円隣歌《ばくごうえんりんか》」と呼ばれ、『万葉集』の中で最もよく知られた難訓歌であると言っても過言ではない。その理由は全二十巻・四千五百余首ある『万葉集』の巻一の九番歌であること、天智と天武の両天皇に愛された女流歌人（ラブロマンスのヒロイン）として知名度・人気ナンバーワンの額田王の作であること、何文字かが部分的に訓めないというのではなく上の二句すべての訓読が不明であること、の三点による。

宮中の梨壷で五人の識者（源順・清原元輔・紀時文・大中臣能宣・坂上望城）による本格的な『万葉集』の解読の作業が行われたのが、村上天皇の天暦五（九五一）年。爾来、『万葉集』には千年を越える研究の積み重ねの歴史がある。にもかかわらず、いまだに訓めない句が存する。そして、これは難訓歌に共通して言えることだが、中でも九番歌「莫囂円隣之……」の訓義を追究することは時間の浪費であり、その解読はタイムマシンでも発明されない限り、永遠に不可能であると考える研究者も少なくない。

本章の結論も、決定的な訓みと解釈の披露というわけにはいかないであろう。ただし、従来の考え方とは異なる新たな視点を導入することで、解決の一つの方向性を示すところに多少なりとも意義があると考え、私見を述べたい。

一　初句の訓み

まず、初句の「莫囂円隣之」の訓み方から考える。

「莫」字には、平安末期の漢和辞書『類聚名義抄』にナシの訓が見えるように、非存在の意味を表す。『万葉集』にも、「私がいないわけではないのに」や「気が紛れる心はないのに」のナシを、「莫」字を用いて表記した次の例がある。

……皇神《すめかみ》の副《そ》へて賜《たま》へる我がなけなくに（吾莫勿久尒）　（万一・七七）

慰もる心はなしに（心莫二）……　（万一一・二五九六）

その下の「囂」字については、「うるさい・やかましい・騒がしい」という意のカマビスシの訓が、『類聚名義抄』に見える。

そうすると、「莫囂」の二文字で、「囂《かまびす》しきこと莫《な》し」の意を表すと見ることができる。したがって、「莫囂」をカマビスシの反意語でシヅ（静）と訓む。ただし、「莫囂」という熟語は中国語の側の文献には見出せない。強いて言えば、これは当時の和製漢語であろうか。これと類似した表記としては、「不」字の用法になるが、「不遠里乎《マチカキサトヲ》」（万四・六四〇）や「不穢《キヨク》」（万一〇・一八七四）や「目不酔《メサマシ》」（万一二・三〇六一）などが散見される。

「円」字は、『万葉集』で次のようにマトと訓まれている。

……射る的形《まとかた》は（射流円方波）見るにさやけし　（万一・六一）

高円《たかまと》の（高円之）野辺《のへ》の秋萩《あきはぎ》……　（万八・一六〇五）

そこで、「莫囂円隣之」の「円」字はマトの第二音節トを脱落させ、第一音節マのみを利用したものと見なして、マと訓むことにする。これと同種のものとして、「常《トコ》」字をト、「前《マヘ》」字をマ、「苑《ソノ》」字をソに、それぞれ当てて使用した例を挙げることができる。

大和《やまと》には（山常庭）群山《むらやま》あれど……　（万一・二）

うつたへにまがきの姿（前垣乃酢堅）見まく欲《ほ》り……　（万四・七七八）

死なばこそ（死者木苑）相見《あひみ》ずあらめ……　（万一六・三七九二）

「円」字に続く「隣」字は、次の例からリと訓める。

……高北《たかきた》の　くくりの宮に（八十一隣之宮尓）……　（万一三・三二四二）

そして、初句最後の「之」字をシと訓ませる例は枚挙にいとまがなく、九番歌の二首前にある額田王の歌にも見える。

秋の野のみ草刈《か》り葺《ふ》き宿れりし（屋杼礼里之）……　（万一・七）

以上から、「莫囂円隣之」をシヅマリシ（静まりし）と訓む。

なお、シヅマリシ（静まりし）を表記するならば、「莫囂之」の三文字だけでもよさそうだが、あえて「円隣」を加えた、その意図は、

……この山の木末《こぬれ》が上はいまだ静けし（未静之）　（万七・一二六三）

のような形容詞シヅケシ（静けし）の訓みを排除する、換言すれば「莫囂之」だとシヅケシと誤読されるおそれが生じるので、それを回避するための表記者の配慮であったか、と推察される。つまり、「莫囂円隣」と書けば、シヅマリの訓を確実に導けるということである。

それではなぜ、「莫囂円隣之《シヅマリシ》」のマを「麻」字や「万」字などの『万葉集』で普通にマを表す音仮名で表記しなかったのだろうか。それは「円」字に、「完全（欠けたところがないさま）」の意味があるので、見事に穏やかに静まった状態を文字の上で視覚的に伝えようとした、表記者の趣向なのかも知れない。

それから、「円隣《マリ》」は〈訓仮名＋音仮名〉で音訓混交表記になるけれども、同じ額田王の歌に見えるヤドレ（宿）やヤマ（山）も、次のように〈訓仮名＋音仮名〉の組み合わせで書かれており、こういった表記は『万葉集』全体でも、それほど特殊なものではない。

……宿れりし（屋杼礼里之）……　（万一・七）

……見放《みさ》けむ山を（見放武八万雄）……　（万一・一七）

ここでの結論である、シヅマリシの訓みは、土橋利彦「莫囂圓隣之大相七兄爪謁気の訓」（『文学』

一四巻一一号、一九四六年一一月）が最初に提唱している。

二　第二句の訓み

次いで、第二句「大相七兄爪湯気」の訓み方について考える。

『万葉集』における「大」字はオホと訓まれ、次のように名詞の上に付く例が圧倒的多数を占める。

やすみしし　わご大君《おほきみ》（大王）……大御門《おほみかど》（大御門）始めたまひて……　（万一・五二）

この「大」字に、「相」字以下を続けてみたところで訓めそうにない。かといって、「大相……」を義訓や戯書で訓もうとしても無理がある（これに関しては、本章の「五」で触れる）。

そこで、ここの「大」字については、書写の過程で「入（墨が滲むなどして［大］）→大」の誤写が生じたと仮定して、原形を「入相」であったと推定し、「入相」の二文字でユフ（夕）と訓みたい。この誤字案は筆者の独自の考えである。「入相」とはイリアヒであり、「太陽の没する頃（日暮）」の意を表す。イリアヒの例は上代の文献には見出せないが、中古以降ならば、

今日のいりあひばかりに絶え入りて……　（伊勢物語・四〇段）

日没　イリアヒ　（類聚名義抄）
Iriai. イリアイ（入相）日の入る時　（日葡辞書）

などの例があり、「入相《いりあひ》の鐘《かね》」とは、「日没時につく寺の鐘、また、その音」のことを言う。
そして、「七兄」の「七」字は、次の例からナと訓める。

……見ても我《わ》が行く志賀《しが》にあらなくに（志賀尓安良七国）　（万三・二六三）
海《うみ》つ路《ぢ》の和《な》ぎなむ時も渡らなむ（渡七六）……　（万九・一七八一）

「兄」字については「見→兄」の誤字を認めて、「七見」でナミ（波）と訓む。ナミ（波）のミは上代特殊仮名遣いでミ甲類だが、「見」字もミ甲類を表記する文字だから、これは仮名遣いの点からも妥当である。この「七兄」の原形が「七見」であったと見なして、ナミと訓じる考え方は澤瀉久孝『万葉集注釈』（中央公論社）の【訓釈】に見える。「見」字と「兄」字でよく似た字形が古写本にあるので、『日本名跡大字典』（角川書店）より、次頁にそれを示そう。

(見)

元暦萬葉十

類聚古集六

(兄)

粘葉本朗詠集

久松切

「爪」字についても、「似↓爪」の誤写を想定して、「似」字が原形であったと考えたい。「似」字には、助詞ニを表記した例がある。

……妹《いも》に逢はむと（妹似相武登）言ひてしものを　（万四・六六四）

……三津《みつ》の松原波越《なみご》しに見ゆ（浪越似所見）　（万七・一一八五）

この「似↓爪」の誤字も、筆者の創案である。ここでも参考までに、『日本名跡大字典』より、「似」字と「爪」字で近似した字形が見えるので、示しておこう。

(似)

兼明親王 暮春詩

關戸本朗詠集

(爪)

元暦萬葉四

類聚古集十一

「湯」字については、古写本等の間で異同があるので、確認の必要がある。

『元暦校本』

『類聚古集』

『古葉略類聚鈔』

『紀州本』

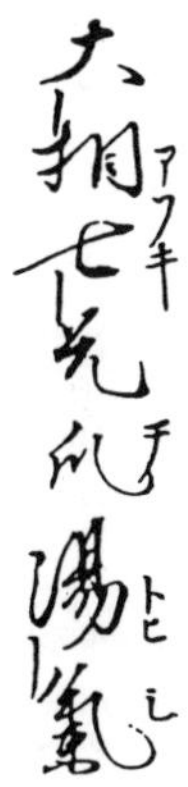

『西本願寺本』

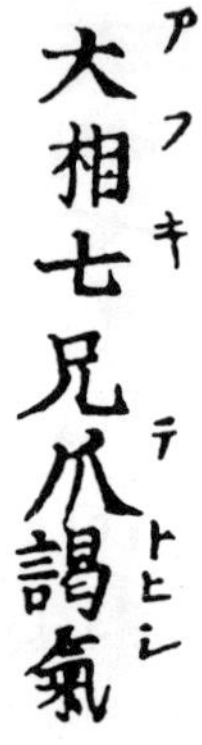

『寛永本』

『万葉集』の原形を推定する上で第一に重要な資料となるのは、書写年代の古い次点本と呼ばれる諸本である。右に示した中で次点本は、『元暦校本』（平安中期）・『類聚古集』（平安末期）・『古葉略類聚鈔』（鎌倉初期）・『紀州本』（鎌倉末期）の四本であるが、それらを見ると、すべて「湯」字になっている。

一方、次点本よりも書写年代の新しい『西本願寺本』（鎌倉末期の新点本）や『寛永本』（江戸初期の版本）では、「謂」字になっている。おそらく次点本から新点本へと推移する過程で、「湯→謂」の書き間違いがあったのだろう。本章では資料的に古く信頼度の高い次点本諸本の方を原形と認定し、「湯」字を本文として採用する。ちなみに、「謂」字の方は、『万葉集』に使用例が無い。

「湯気」の二文字は、戯書（知的遊戯性のある表記）と見て、ユゲ（湯気）が《立ち》のぼる水蒸気であるところから、タツと訓む。タツを「湯気」で書くのは当該歌の場合には、決して唐突で不可解な表記にはならないと思う。なぜなら、それは題詞に、「幸于紀温泉之時額田王作歌（紀伊の温泉に行幸された時に額田王が作った歌）」と明記されているからである。題詞にある「温泉」から「湯気」を連想し、それをタツの表記に使用したと推考すれば得心がいくだろう。ただし、このタツは「立つ」意ではなく、「発つ」意の方のタツだと考える。『万葉集』には、「出発する」意のタツの例がある。

都辺《みやこへ》に発《た》つ（多都）日近づく……　（万一七・三九九九）

以上から本来第二句は、「入相七見似湯気」が原文であったと仮定して、ユフナミニタツ（夕波に発つ）と訓む。むろん、「入→大」「見→兄」「似→爪」という三文字もの誤字を考えることは言うまでもなく大問題であり、そのことは十分承知している。しかし、現在三十種以上もの試訓が提出されているにもかかわらず、近年の主だったテキストのほとんどが、ここの訓みを断念しているという現状は、やはり複数の誤字があったと思わざるを得ないのである。

三　一首の解釈と額田王の歌風

結論として、九番歌は次のように訓み下される。

静《しづ》まりし夕波に発《た》つ我が背子《せこ》がい立たせりけむ厳橿《いつかし》が本《もと》　（万一・九）

歌意は、「静まった夕波（の時）に船出《ふなで》した我が君が、（旅の安全を祈るために、そばに）お立ちになったという、厳橿《いつかし》の木の下よ」となる。

ここで歌の表現上の時間的な前後関係について説明すると、まず我が背子は旅の安全を祈願するために神聖な樫の木の下にお立ちになった。その後で、船出に好条件の静まった夕波の時に出発した、という順序になる。額田王は、過去推量の助動詞ケムを用いることで、我が背子のとった過去の行動を回想（イメージ）して歌ったのであろう。

『万葉の歌人と作品・第一巻』（和泉書院）所収の平舘英子「額田王論」の冒頭に、

額田王の作品群は回想に始まって、回想に終わる。万葉集に載る全一二首中、最も古いとされる歌（1・七）は「宇治のみやこの仮廬《かりいほ》」を回想し、最も新しいとされる弓削皇子《ゆげのみこ》との贈答歌群（2・一一一〜一一三）は「古」を回想する。

という記述があるが、この指摘は九番歌を回想の歌と見る際に注意されてよい。

さて、ここで語法上、確認しておかねばならないことがある。それは、「夕波に発つ我が背子」の「発つ」を「船出した」と過去形で解釈した点である。動詞の「発つ」は体言の「我が背子」に連体修飾の形でかかる連体形だが、問題は動詞の連体形が単独（助動詞の付かない形）で過去を表現することが可能かどうかである。その点に関して、山口佳紀「万葉集における時制《テンス》と文の構造」（『国文学・解釈と教材の研究』三三巻一号、一九八八年一月）は、「三　連体法の場合」のところで次の歌を挙げ、傍線を付した連体形は過去の表現として用いられた例であると言う。

ⓐ石見なる高角山の木の間ゆも我が袖振るを妹見けむかも　（万二・一三四）
ⓑいかばかり思ひけめかもしきたへの枕片去る夢に見え来し　（万四・六三三）
ⓒ沖つ波高く立つ日に遭へりきと都の人は聞きてけむかも　（万一五・三六七五）
ⓓ韓衣《からころむ》裾《すそ》に取り付き泣く子らを置きてそ来《き》ぬや母《おも》なしにして　（万二〇・四四〇一）

右の四首を解釈すると、ⓐは「岩見の国の高角山の木の間から私の袖を振ったのを妻は見たであろうか」、ⓑは「こんなにあなたが思って下さったからでしょうか。枕を床の片方に寄せて寝た時の夢に見えましたのは」、ⓒは「沖の波が高く立った恐ろしい日に遭遇したと都の人は聞いただろうか」、ⓓは「韓衣の裾に取りすがって泣いた子供達を置いて来た。母親もいないのに」のように、すべての例が過去を表現したものだと確かに認められる。

しかも、ⓐとⓒは問題の九番歌と同じく、〈……連体形……ケム〉という構造の歌で、注目される。また、ⓑの歌も助動詞ケムの已然形ケメを含む。よって、「夕波に発つ」は「夕波の時に船出した」と解釈でき、過去を表していると考えて支障ない。

そして、『万葉集』の中には、「海や波の状態」と「船出」との関係を詠んだ歌がいくつか見える。

①……いざ子ども　あへて漕《こ》ぎ出《で》む　にはも静けし　（万三・三八八）

②粟島《あはしま》に漕《こ》ぎ渡らむと思へども明石《あかし》の門波《となみ》いまだ騒《さわ》けり　（万七・一二〇七）

③海《うみ》つ路《ぢ》の和《な》ぎなむ時も渡らなむかく立つ波に船出《ふなで》すべしや　（万九・一七八一）

①は羈旅《きりょ》歌で、「さぁみんな思い切って船出しよう。海面も穏やかだ」と歌うが、海面が穏やかな状態を「静《しづ》けし」と表現している。

②の場合は、①の「静《しづ》」とは逆に、明石の瀬戸の波が一向に静まらない状態を「騒《さわ》けり」と歌うが、これは荒波が粟島に漕ぎ渡る際の障害になっているのである。

③の「かく立つ波に船出すべしや（こんな激しい波の時に船出してもよいのか）」は、私訓「静まりし夕波に発つ」という表現があり得ることの傍証例になるだろう。もっとも、波の状態と船出とが密接にかかわるのは当然のことで、次の川波の例も参考までに挙げておく。

秋風に川波立ちぬしましくは八十《やそ》の舟津《ふなつ》にみ舟留《ふねとど》めよ　（万一〇・二〇四六）

それでは、九番歌を同じ額田王作の八番歌と並べてみよう。

熟田津《にきたつ》に船乗《ふなの》りせむと月待てば潮《しほ》もかなひぬ今は漕《こ》ぎ出《い》でな　（万一・八）
静《しづ》まりし夕波に発《た》つ我が背子《せこ》がい立たせりけむ厳橿《いつかし》が本《もと》　（万一・九）

八番歌が月と潮の条件がととのった状況での「船出」を歌うのに対して、九番歌は静まって凪《な》いだ夕波の状態での「船出」を歌う。そこから、二首は配列の上からも連関していると、見ることができそうだ。

次に、『万葉集』の巻一に採録された額田王の短歌全五首を列挙し、その歌い方の特徴を見る。傍線部に着目してほしい。

㋐秋の野のみ草刈《か》り葺《ふ》き宿れりし宇治《うぢ》のみやこの仮廬《かりいほ》し思ほゆ　（万一・七）
㋑熟田津《にきたつ》に船乗《ふなの》りせむと月待てば潮《しほ》もかなひぬ今は漕《こ》ぎ出《い》でな　（万一・八）
㋒静《しづ》まりし夕波に発《た》つ我が背子《せこ》がい立たせりけむ厳橿《いつかし》が本《もと》　（万一・九）
㋓三輪山《みわやま》を然《しか》も隠すか雲だにも心あらなも隠さふべしや　（万一・一八）
㋔あかねさす紫草野《むらさきの》行《ゆ》き標野《しめの》行《ゆ》き野守《のもり》は見ずや君が袖振る　（万一・二〇）

これらのうち、㋐は「刈《か》り」と「仮《かり》」、㋓は「隠す」と「隠さ」、㋔は「行《ゆ》き」と「行《ゆ》き」といった具合に同音の語（㋐は同音異義語だが、㋓㋔は同じ動詞）を繰り返し使用している。㋒も「静《しづ》まりし夕波に発《た》つ」と訓めば、「発《た》つ」と「立た」とで同音を反復させた形になる。これは『万葉集』巻一における額田王の歌風の特色と言ってもよいのかも知れない。㋑には同音の繰り返しは見られないが、「船乗《ふなの》りせ」と「漕《こ》ぎ出《い》で」という同一の行動を、表現を変えて歌っている。

四　「我が背子」をめぐって

第三句「我が背子」については賀茂真淵以来、額田王の夫の大海人皇子（後の天武天皇）であろうと一般に考えられているようだが、伊藤博『万葉集釈注』（集英社）は、当該歌の【考】（六二〜六四頁）の中で一案として「我が背子」を有間皇子と見て、次のように記す。時代背景や人間関係を考慮した示唆に富む推理なので、少し長くなるが説明部分の全文を引用してみる。

題詞にいう、斉明女帝の紀伊の湯行幸は、斉明四年（六五八）十月十五日から翌五年一月三日までの長い旅であった。その間、十一月三日〜十一日に有間皇子《ありまのみこ》の謀反事件があった。留守官蘇《そ》我赤兄《がのあかえ》の手によって捕らえられて、紀伊の湯に連行された有間皇子は、中大兄皇子の訊問をうけてからの大和への帰途、紀伊の国の藤白坂で絞殺された。年十九。この歌の上二句に定訓を得ないそもそもの原因は、ひょっとしたら、この事件に関係があるのではなかろうか。歌が有間皇子事件のあった折のものである以上、第三句の「我が背子」には、当の有間皇子を擬する道がありそうである。有間皇子は、斉明女帝にとって同母弟孝徳天皇の子である。古代では同母のきょうだいは、生母のもとで仲良く育てられる。だから、異母きょうだいの結婚は認められるけれども、同母きょうだいの結婚は固く禁じられた。そして、同母きょうだいの結束が、現代人の想像を絶して緊密であったことを示す資料は多い。とりあえずは、天武天皇の子、大伯《おおく》皇女《ひめみこ》と大津皇子《おおつのみこ》を思うだけで充分であろう。有間皇子は、斉明女帝にとってその同母弟の子である。時の実権をにぎる中大兄皇子にとって、孝徳天皇やその子有間皇子がどういう存在であろうと、斉明女帝の心には、別途の、言い知れぬ感慨が秘められていたであろう。

そこで、この歌を、斉明女帝側近の御言持ち歌人である額田王が、その女帝の心底を察し、女帝になりかわって詠んだ歌と見てはどうか。そう推測すれば、この歌の「我が背子」は、斉明女帝の、弟や甥に対する複雑微妙な心情をこめた言葉として浮上する。そして、結句にいう「厳橿」は、紀伊の湯から藤白坂に至る、有間皇子がたどった大和への道筋にあった霊木で、歌そのものは、斉明五年正月の還幸時にその霊木を見つつ詠まれたと推測できることになる。「厳橿」に寄り立って、その霊力の感染を願い身の安全を祈ったけれども、かいなく終わった薄幸の皇子に思いを寄せることは、旅の歌の常として、同時に、通過する地の荒魂《あらたま》を慰撫《いぶ》してみずからの無事なる還幸を祈ることにもつながったと思われる。

まして、斉明女帝は、八番の熟田津の歌の左注が引く「類聚歌林」にいうように、また、七番の宇治の歌の深い回想の思いが示すように、過ぎ去った者への感愛の情を格別に強くいだく性《さが》の持ち主であった。伝来途上で入りまがう面もあったかもしれないが、一首の上二句は、本来、斉明女帝とその側近たち数名にしかわからない謎の表記だったのではあるまいか。

このように「我が背子」を有間皇子に擬する考え方は、斉明一行の行幸と有間皇子の事件が、場所（紀伊）および期間（『日本書紀』の記述）の点で見事に重なり合うのであるから、これはたいへん魅力的な見方だと思う。そこで、この仮説に乗って改めて九番歌を解釈し直すならば、「（船出に適した）静まった夕波の時に出発した（今は亡き）有間皇子が、（命の無事を祈りつつ、そばに）お立ちになったという、（霊力豊かな）橿《かし》の木の下よ」で、額田王が追慕の情を詠んだ歌ということになる。

五　近年の研究

池上啓「〈表記〉と〈訓み〉の関係——万葉集9番歌の議論から——」（『作新女子短期大学紀要』一九号、一九九五年一二月）は、九番歌の上二句の訓読を試みた先行研究に対し、語学的見地から入念に検討を加えた。

まず、第二句「大相七兄爪湯気」の「大相」をヤマ（山）だとか、「湯気」をニタツ（に立つ）やワク（「騒《さわ》く」のワクを表記するのに当てたと見るもの）などと訓む説の問題点を以下のように指摘するが、これは当を得た指摘と言えよう。

これらは「大相↓大なる姿↓山」、「湯気《ゆげ》↓煮立つ↓に立つ」、「湯気《ゆげ》↓沸《わ》く↓騒《(さ)わ》く」のような思考経路を要求するもので、義訓というより戯書といった方が適当なものである。勿論、それぞれの説が言わんとするところは分かるのだが、問題は、これらの表記が『万葉集』の表記として適当か、つまり『万葉集』では「湯気」と書いて「に立つ」と訓ませようとすることが表記体系的にあり得るか、ということである。たしかに「鶏鳴＝あかとき（暁）」のような義訓・戯書は『万葉集』に存在する。しかし、それらは使われた漢字の性格や、前後の文脈などから訓みが固定するように注意が払われているのが普通である。（中略）要するに、これら義訓・戯書説が先ずなさねばならないことは、「仰ぎて問ひし」の助詞「て」は何故「手・弖」ではなく「爪」と表記されたのか、「山越えて行け」の「山」は何故「山」ではなく「大相」と表記されたのか、という最も素朴な疑問に答えることなのである。

そして、「莫囂円隣之　大相七兄爪湯気」の各文字の音仮名としての訓み方を当時の中国原字音の側から確認した池上論文の結論部分を示せば、左記のようになる（○印は九番歌以外の万葉歌に用例のあるもの、△印は用例は無いが原字音から考えて当てられる可能性のあるもの、×印は音仮名として使用される可能性が無いと判断されるもの）。

第一句↓「莫」＝△マ・「囂」＝△ゴ（甲類）・「円」＝△ヱ・「隣」＝○リ・「之」＝○シ

第二句↓「大」＝○ダ・「相」＝△サ・「七」＝△シ・「兄」＝×・「爪」＝×・「湯」＝△タ・「気」＝○ケ

（乙類）

右の結果に照らすと、例えば次に示す訓み方などは、原字音の側から見た音仮名の用法に抵触する、ということになる。

「爪」字をサで訓むもの↓「大《オホ》相《フ》七《ナ》足《ア》爪《サ》湯《ユ》気《キ》（覆ふな朝雪）」

「大《ウ》相《ラ》七《ナ》見《ミ》爪《サ》湯《ワ》気《ク》（浦波騒く）」

「爪」字をソで訓むもの↓「大《カ》相《ミ》七《ナナ》里《リ》爪《ソ》靄《ネ》気（雷な鳴りそね）」

「気」字をキで訓むもの↓「大《オホ》相《フ》七《ナ》足《ア》爪《サ》湯《ユ》気《キ》（覆ふな朝雪）」

このように語学的視座から、従来の訓みのある部分を客観的かつ明確に否定できるようになったのである。

池上の結論は、「大相七兄爪湯気」の原形を「太湏支取渇気」（最後の「気」字以外はすべて誤字と見なすが、その根拠については当該論文を参照されたい）と仮定し、「手繦《たすき》取り懸け」と訓じて、次のように解釈する。

猶、第1句は「手縄」の形容句と考えられるので、「莫囂円隣」が名詞、「之」は助詞ノであろうが、それ以上はわからない。よって9番歌全体の意味を示すことはできないが、第2句以下を本稿の案で直訳すれば、「手縄を懸けて、わが背子がお立ちになっていたであろう厳橿が本よ」ということになり、「手縄」「厳橿」「温泉」という呪的要素で一貫した歌となる。

誤字の多さ（第二句の七文字中六文字）はともかく、『万葉集』の巻一において、「太」字を清音仮名の夕に用いることは極めて考えにくく、池上説には首肯しかねる。ただし、中国原字音に関する語学的研究の近年の成果に基づいて、諸説を明快に否定したところに意義があり、その点は傾聴に値しよう。

おわりに

「莫囂円隣之　大相七兄爪湯気」は、正訓字で訓もうとしても、万葉仮名で訓もうとしても、なかなか意味を通すことができない。義訓で訓む場合も表記との乖離が大きくなってしまい、なぜそのような表記を採ったのか、説得力のある説明をつけるのが困難である。

一九九七年六月に刊行された、和歌文学大系『万葉集』（明治書院）の「補注」（四六一頁）に次の記述があるとおり、九番歌については誤字等を想定しなければ、到底解読できそうにないと思われる。

第三句以下を「吾が背子がい立たせりけむ厳橿が本」と訓むことは確かだが、初句・第二句が難訓である。紀の国の山見つつゆけ（略解）、みもろの山見つつゆけ（古義）、静まりし雷な鳴りそね（土橋利彦）、夕月の影踏みて立つ（伊丹末雄）など、三〇種を越える試訓を見るが、いずれも定訓とはなしがたい。万葉集の正訓字主体の巻々における一般的な表記の方法とは異なる特殊な文字遣で、誤字・衍字なども含む故か極端に難しい。しいて訓み難くしたかと思われる程である。

本章の結論は、「莫囂《シヅ》円隣之《マリシ》（静まりし）　入相七見似湯気《ユフナミニタツ》（夕波に発つ）」である。初句の「莫囂《シヅ》円隣之《マリシ》」は、澤瀉久孝『万葉集注釈』も支持する訓で先行研究にあるが、それを検証・補強した上で採用した。第二句は「入→大」「見→兄」「似→爪」の誤字を考え、「入相七見似湯気《ユフナミニタツ》」の新訓を提出した。この説の最大の弱点は三文字もの誤字を想定したところにある。しかし、可能性のある誤字に基づく新たな視点による訓解は、とりわけ対象が九番歌なだけに、仮定に仮定を重ねた推論であっても、ある程度は仕方がないのではないだろうか。あくまでも従来の説とは異なった手法で解決の道を模索した試案の一つとして。

第二章　九七番歌の訓解

はじめに

三薦苅《ミコモカル》　信濃乃真弓《シナノノマユミ》　不引為而《ヒカズシテ》　強佐留行事《ワザ》乎《ヲ》　知跡言莫君二《シルトイハナクニ》　（万二・九七）

これは、「久米禅師が石川郎女に求婚した時の歌五首」と題された五首中の第二首、石川郎女の歌である。そして、問題の第四句「強佐留」には、古写本間における文字の異同であるとか、注釈書による誤字説があり、さらに、訓読と解釈の仕方にも複数の説があって、いまだに解決されているとは言い難い。

本章では、「強佐留」の訓義を決定し、その上で九七番歌を含む一連の歌群（九六〜一〇〇番歌）の解釈を試みる。

一　本文の異同など

さて、本論に入る前に、第四句には本文の異同や誤字説があるので、最初にそこのところを確認しておこう。

ⓐ「強佐留」――『元暦校本』・『金沢本』・『類聚古集』・『古葉略類聚鈔』・『紀州本』といった次点本諸本。

ⓑ「強作留」――『西本願寺本』以降の新点本諸本。

ⓒ「弦作留」――ⓑの「強」字を「弦」字の誤りと見なす考えで、契沖『万葉代匠記』・賀茂真淵『万葉考』・山田孝雄『万葉集講義』・稲岡耕二『万葉集全注』・伊藤博『万葉集釈注』など。

このように古写本・注釈書を見ると、本文に関してはⓐⓑⓒの三つのケースのあることがわかる。これら三つの中で、いずれの本文を採用し、いかに訓じるべきなのか。以下、従来の説を紹介しつつ、それらに検討を加える形で論を展開していきたい。

二　シヒザル説

まずは、書写年代が古く資料的信頼度も高いとされる『元暦校本』等の次点本諸本に一致して見られるⓐの「強佐留」を本文に据えてシヒザルと訓む、澤瀉久孝『万葉集注釈』（中央公論社）の説から取り上げる。

みこも刈る信濃の真弓引かずしてしひざる（強佐留）わざを知るといはなくに

『万葉集注釈』は右のようにシヒザルと訓み、次のように口語訳する。

【口訳】その信濃の弓を――引かないで、強ひもしない事を、わかつてゐるとは申しませんに。

そして、下二句「強ひざるわざを知るといはなくに」に対する補足説明として、こう述べる。

【訓釈】……強ひるとは「いなと云はば強ひめやわが背」（四・六七九）とあるによつて明らかなやうに、強引にせまる事である。従つて強ひざるわざとは、強引にせまることをしないのである。

上の「引かずして」の意をもう一度強くくりかへした形である。私の心を誘はうともなさらず、強ひてともおつしやらないでゐて、その事を「知る」といふのは理解してゐること、わかる事、即ち御自身で強い意志表示をなさらないでゐて、「いなといはむかも」などと勝手にきめておいでになるがそんな事がわかりますか、といふのである。「云はなくに」は、云はぬことなるに、の意。「なくに」は既出（一・七五）。以上に述べたやうな事を誰も云ひはしないにナア、といふのである。

これを一読しただけでは、筆者の頭には入らなかった。説明の仕方が入り組んでいて、理解しにくい。では、一体どこがわかりにくいのか。

問題は、【口訳】では「強ひもしない事を、わかつてゐるとは申しませんに」と直訳しているのに、それが【訓釈】の最後の方になると、「御自身で強い意志表示をなさらないでゐて、「いなといはむかも」などと勝手にきめておいでになるがそんな事がわかりますか」と語句を補って、解釈し直しているところにある。つまり、【口訳】の「強ひざるわざを知るといはなくに」を、【訓釈】では「否と言はむを知るといはなくに」に改めてしまったためにずれが生じて、釈然としないのである。

そもそも、「強ひざるわざを」と「否と言はむを」の両句は、主体も禅師と郎女で異なり、まったく別の内容だから、両句の入れ換えは不可能なはず。察するに、「（禅師が郎女の気を引かず）強引に迫らないことを知るわけがないでしょう」では歌意が不鮮明で通りにくくなるため、『万葉集注釈』

は「（禅師が誘わず）強引に迫らないで否というかどうかを知るわけがないでしょう」のように、「強ひざるわざを」のワザを略して「強ひずに」としたり、第四句と結句の間に「否と言はむ」を挿入するなど、手を入れた解釈をせざるを得なかったのであろう。

こうした曲解とは別に、表記の在り方にも重大な問題がある。なぜなら、『万葉集』でシヒザルを「強佐留」と書くことは、まずあり得ないと考えられるからである。シヒに「強」字を当てることについては問題ない。しかし、シヒザルを「強佐留」と表記するのは、次の二つの理由から相当に困難である。

第一の理由は、「佐」字を濁音仮名のザに使用した例が、『万葉集』全体で次の一例しかないことである。

……妻梨《つまなし》の木を手折《たを》りかざさむ（手折可佐寒）　（万一〇・二一八八）

この点について、日本古典文学全集『万葉集』（小学館）は頭注で次の事実を指摘する。

かざさむ―ザの原文「佐」は清音字で、この歌を除いた六百十九例はすべて清音仮名に用いてある。

すなわち、「佐」字は『万葉集』において清音専用の音仮名といってよい。したがって、シヒザルを「強佐留」と書く可能性は極めて小さい。

第二の理由は、仮に「佐」字を例外的にザの仮名に用いたとしても、シヒザル（強ひざる）を「強佐留」のような用字（文字の組み合わせ）で表記した例が、『万葉集』に見当たらないことである。それは打ち消しの助動詞ザリが音仮名表記される場合には、必ず次のように書かれるからで、その全例を示そう。

……さ寝《ね》ざらなくに（左祢射良奈久尓）　（万一四・三三九六）
……見《み》えざらなくに（美延射良奈久尓）　（万一五・三七三五）
……逢《あ》はざらめやも（安波射良米也母）　（万一五・三七四一）
……我《あ》が恋《こ》ひざらむ（吾孤悲射良牟）　（万一七・三八九一）
……逢《あ》はざれど（安波射礼杼）　（万一五・三七七五）

右の五例は、いずれも音仮名表記を主体とする巻の例である。しかも、ザリが音仮名で表記される場合は音仮名から続く時に限られている。九七番歌は訓仮名表記を主体とする巻二の歌だが、例えば「強ひざる」が仮に「之比射留《シヒザル》」とでも書かれてあったならば、表記上の問題は起こらない。

一方、訓仮名表記を主体とする巻におけるザリ表記の在り方を見ると、こちらは、

……飽《あ》かざる君を（不猒君乎）　（万四・四九五）
……波立てざらめ（波不立目）　（万七・一三六六）
……恋《こ》ひざる先《さき》に（不恋前）　（万一一・二三七七）
……妹《いも》に逢《あ》はざる（妹尓不相）　（万一二・二九二〇）

のように、〈不＋正訓字〉で書かれるか、あるいは、

……鳴《な》かざりし（不喧有之）　（万一・一六）
……吹《ふ》かざるなゆめ（不吹有勿勤）　（万一・七三）
……見《み》ざりしものを（不見在之物乎）　（万二・一七五）
……直《ただ》に逢《あ》はざれば（直尓不相在者）　（万一〇・二二七二）

のように、〈不＋正訓字＋有〉もしくは〈不＋正訓字＋在〉のいずれかの方式で、ザリは表記されている。

以上から、「強ひざる」を表記する場合には、「不強」または「不強有」や「不強在」といった書き方が当然期待されることになる。それが「強佐留」のように〈正訓字＋音仮名〉で表記されたとする

と、これは『万葉集』に例の無い、不可解な表記となってしまう。

右に述べた点に関しては、稲岡耕二『万葉集全注』(有斐閣)の当該歌の【注】に同様の指摘が見えるので、その部分を引用してみる。

一方、澤瀉注釈には、金の「強佐留行事乎」の本文に従い、シヒザルワザヲの訓が採られている。それに従う注釈書もあるが(講談社文庫)、打消のザルを「佐留」と記すのは、「佐」が清音仮名なので無理があると思われるし、「草武左受」(1・二二)、「安波射良米」(15・三七四一)のように仮名表記語に接続する場合はともかく、「不強」を「強佐留」と書かねばならぬ理由は見出し難い。

ところで、中西進『万葉集』(講談社文庫)の場合は、『西本願寺本』以降の新点本諸本に見えるⓑの「強作留」を本文とした上でシヒザルと訓み、次のように口語訳する。

み薦を刈る信濃特産のあの弓を引くようにとおっしゃるけれど、気をひいて強(し)いもなさらない事を、どうして私が知りましょう。

この解釈ならば、「知るといはなくに」の主体は郎女になるので、「(禅師が)強く迫らないことを、私（郎女）がどうして知りましょう」で、一応訳語の文意は通る。そして、脚注では「強ひざる」に対して、「強くせまらない。禅師はむろん引かないのではないが、もっと強くいってほしい気持」であると説明する。しかし、「強引に迫らないことを知らない」が具体的に何を言おうとしているのか、その真意をくみ取ることが筆者にはできない。脚注の方には「女性の知ラナイは千年の歴史がある」という解説が見えるが、これも理解が届かない。

それと、「強作留」を本文に据えたところで、先の「強佐留」の場合と同様、シヒザルの訓は表記の面から見て、かなりの無理があるという結論に変わりはない。なぜなら、「作」字は『万葉集』では清音サを表記する音仮名で濁音のザにまったく使用されていないことと、「強作留（シヒザル）」が〈正訓字＋音仮名ザル〉という『万葉集』に全然例を見ない表記になってしまうこと、の二つの難点は一向に解消されないからである。

三　ヲハクル説

次いで、ⓒの「弦作留」を本文にした場合について、検討を加える。

ⓒ「弦作留」は、ⓐ「強佐留」やⓑ「強作留」の現存する本文では訓じることが不可能と判断された末に編み出された誤字説で、ⓑの「強作留」の「強」字を「弦」字の誤りと見なすもの。「強」と「弦」の文字は行書体や草書体になると、誤写の生じる可能性のある相似した字形と言えそうだ。例

えば、次点本『類聚古集』の「強」字（二重傍線を付した）は、「弦」字のように見えなくもない。

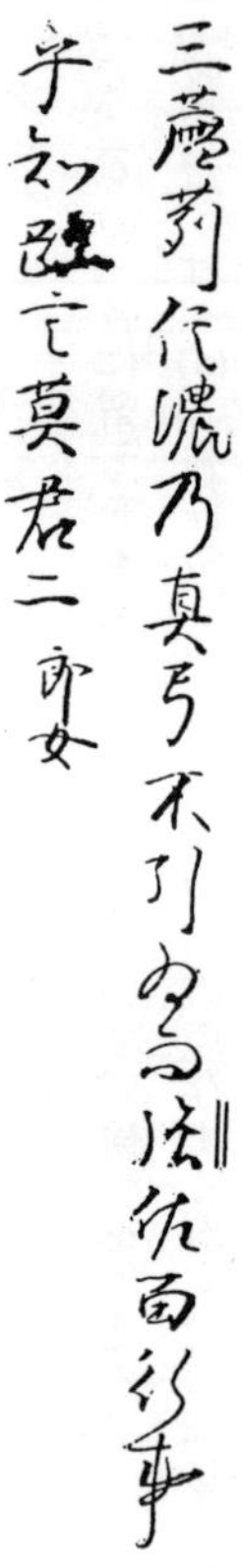

この誤字説を最初に唱えた契沖は、『万葉代匠記』でツルハクルの訓を示した。けれども、ツルハクルではツルハクルワザヲと八音節の字余りになってしまう。これは句中に単独の母音音節（アイウオ）を含んでいないので、字余りの許される基本的な条件を満たしていない。

そこで、賀茂真淵は契沖の誤字説を継承し、『万葉考』でヲハグルワザヲと七音に訓み直した。ところが、『万葉集』の清濁の書き分けに関する研究が進むと、「（弓に）弦を掛ける」意を表す下二段動詞は、ハグと濁音ではなく、ハクと清音であることが、次の例などから明らかになった。

梓弓弦緒《つらを》取りはけ（都良絃取波気）引く人は……　（万二・九九）

その結果、山田孝雄『万葉集講義』（宝文館）は真淵のヲハグルワザヲをヲハクルワザヲに修正した。そして、稲岡耕二『万葉集全注』が、「山田講義にヲハクルワザヲと改定されたのが、現在までのもっとも優れた訓である」と述べるとおり、戦後の注釈書の多くが「弦作留（ヲハクル）」誤字説を採用している。支持率の高い理由は、一連の歌群の第四首に見える「都良絃取波気（弦《つら》緒《を》取りはけ）」（万二・九九）という句の存在にある。

みこも刈る信濃の真弓引かずしてをはくる（弦作留）わざを知るといはなくに

このように訓み下す注釈書の中で、例えば日本古典文学大系『万葉集』（岩波書店）は、その「大意」で次のように解釈する。

信濃の真弓を引いて見もしないで、弓弦のかけ方を知っている人はないと言います。（女の気を本気で引いて見もしないで、女を自分の意に従えさせることの出来る人はないと言います。）

これは一読してどこにも無理のない解釈のように思える。が、よくよく考えてみると、「引かずして→弦はくる」という句の並びでは、弓を引く際の動作の順序が逆になっているのではないか。弓を引く場合には、あらかじめ弦を弓に掛けて準備をしておくのが当然で、それは次の歌例からも明白である。

梓弓弦緒《つらを》取りはけ引く人は後《のち》の心を知る人そ引く　（万二・九九）

陸奥《みちのく》の安達太良真弓《あだたらまゆみ》弦《つら》著《は》けて引かばか人の我《わ》を言《こと》なさむ　（万七・一三二九）

右の「弦緒《つらを》取りはけ引く人は」や「弦著《つらは》けて引かばか人の」の例から、弓を引く時には前もって弓に弦を掛けておくことが、前提条件になっているとわかる。よって、九七番歌の「弓を引きもしないで弦を掛けることを知るわけがない」というのは、いくら比喩歌だと言っても（右に示した九九番歌と一三二九番歌の二首も比喩歌だから）、不自然な歌い方の感は否めないと思う。

ところで、解釈を云々するよりも以前に、「弦作留」表記でもってヲハクルと訓じることは本当に大丈夫なのであろうか。次にその点を確認したい。

まず、「弦」字をヲと訓むのは、次の例から確かめられる。

楽絃　文作弦字、奚堅反、所以張弓弩等、倭言都留、又乎　（大治本八十華厳経音義）

しかし、「作留」をハクルと訓ませることについては問題があると思う。なぜなら、「作」字の訓はハクではなく、ハグだからである。次の諸例を見てほしい。

矢作部　ヤハギベ　（垂仁紀・三九年一〇月）

作矢　ヤヲハグ　（天正一八年本節用集）

Yauo fagu.（矢を矧ぐ）羽根をつけて矢を作る　（日葡辞書）

こういった例を参考にすれば、「作」字をハクと訓ませる根拠はどこにも見出せず、逆にハグであったと推定するのに都合の悪い資料は特に見当たらない。ただし、上代においてハクかハグかを決定できる確たる証拠は無いので、その点は慎重にならざるを得ないが、「作」字が上代においてハクであったとする確証も得られない以上、『万葉集』でもハグであったと一応考えておく方が穏当であろう。かつて真淵が、「弦作留」をヲハグルと濁音で誤って訓んだ背景には、「作」字の訓はハクではなくてハグであるという、それなりの理由があったのである。

それと、次の万葉歌に見える「造」字を近年のほとんどの注釈書が、そろってハグ（「竹に羽などをつけて矢をつくる」意で歌例では未然形のハガ）と濁って訓んでいる現状も、そう訓んで差し支えないと判断しているからに相違ない。なお、日本古典文学大系『万葉集』を見ると、この「造」字を他の注釈書と違えて、ハカと清音で訓んでいる。その点に関しては、本章の「おわりに」のところで言及したい。

近江《あふみ》のや八橋《やばせ》の篠を矢はがずて（不造笑而）……　（万七・一三五〇）

右の歌に見えるハグ（四段他動詞）は、「二つの物を接着させてつくる」意が原義で、そこから「竹に羽などをつけて矢をつくる」意が出て来た。現代語のハグにも、「布をはぐ」のように「つなぎ合わせる」という意味がある。

それに対して、ハク（下二段他動詞）の方は「装着する（身につける）」意が原義であり、そこから「弓に弦を張る（弓が弦を身につける）」の意を生じた。したがって、ハグとハクとは本来別系統の語で、もともと清濁も対立していたものと考えられる。この点を詳細に論じたものに、池上啓「4段動詞ハグ（矧）の原義について」（『作新学院女子短期大学紀要』一三号、一九八九年一二月）がある。

「作」字の訓がハグであるならば、その清濁を無視して「弦作留」をヲハクルと清音で訓むことは極めて難しい。なぜなら、『万葉集』では一字で二音節を表す借訓字の第二音節の清濁の書き分けは非常に厳密で、その表記上の法則については、同一の学術雑誌『万葉』の同じ号に発表された、

西宮一民「上代語の清濁――借訓文字を中心として――」（『万葉』三六号、一九六〇年七月）
鶴久「万葉集における借訓仮名の清濁表記――特に二音節仮名をめぐって――」（『万葉』三六号、一九六〇年七月）

という二つの論文によって明らかにされた。それでは借訓字とその第二音節の清濁の関係がどうなっているのか、ここに具体的な例をいくつか示してみる。

◎第二音節が「清音」の場合

……道の知らなく（道之白鳴）　（万二・一五八）

……こと悔しきを（事悔敷乎）……　（万二・二一七）

……振《ふ》り放《さ》け見れば（振酒見者）……　（万一三・三三〇九）

◎第二音節が「濁音」の場合

……たづきを知らに（鶴寸乎白土）……　（万一・五）

……すずき釣《つ》る（鈴寸釣）……　（万三・二五二）

……木すらあぢさゐ（木尚味狭藍）……　（万四・七七三）

こうした借訓字の使用法に基づき、例えば江戸時代以来ナベニと訓じられて来た「……と共に」の意を表す助詞は、ナベニからナヘニへと訓み改められるようになった。なぜなら、『万葉集』の中に「苗丹・苗尓・苗荷」と表記された例があり、「苗」字の訓はナヘであるので、ナベニではなくナヘニと訓むのが用字法から見て正しいと判定されたからである。したがって、「作」字の訓がハグならば、「弦作留」をヲハクルと訓じることはできまい。

ところで、『万葉集注釈』の九七番歌における【訓釈】の指摘は重要だと思う。

「佐」と「作」とは行書体が似てをり、両方ともサの音に用ゐられてゐるので、どちらからどちらへ誤つたとも云ひかねるやうであるが、「作夜深而《サヨフケテ》」（七・一一四三）の如く諸本に「作」とあるものは二三にすぎず、古写本にのみ「作」とある例「作美乃山《サミノヤマ》」（二二一）の如きも二三あるが、サの音を表するには「佐」を用ゐることが通例であり、「佐日之隈回《サヒノクマミ》」（一七五）の如きは古写本は皆「佐」であつて刊本のみが「作」とあり、「佐」が一二本にのみ「作」となつてゐる例（五・八〇三、十四・三三七一、その他）十例にも及んでをる。現に前の歌「宇真人佐備而」の「佐」も西本願寺本のみ「作」となつてをり、今の場合また「作」とあるは西本願寺本にはじまるといふ事は、この二つの「作」を並べてみて、このあたりに誤字の因があるやうに思はれ、いよいよ「佐」が原本の文字と考へられる。

要するに、「弦作留」を本文と考えてヲハクルと訓む説は、二つの誤字（「強→弦」と「佐→作」）を認めなければならない可能性が強く、無理をし過ぎているのではないか、というのが『万葉集注釈』の主張なのである。これは、もっともな意見だと思われる。

以上、行き詰まりを打開するために考え出されたヲハクル誤字説に検討を加えた結果、いろいろと問題の存することが明らかになった。言うまでもなく誤字説というのは、ただでさえ大きなハンディがあるのだから、誤字を想定した場合には、なるほどと完全に納得させるものでなくてはならない。そういうわけで、ヲハクル誤字説には賛成しかねる。

四　シヒサル説

ここまでの検討を通じて、シヒザル説にもヲハクル説にも決して見逃せない弱点のあることが判明した。それでは、どのように訓んだらよいのだろうか。資料的には、ⓐの「強佐留」が次点本諸本に一致して見られるので、この本文で訓と解が可能になるならば、それが一番望ましい。

そこで、旧訓を見ると、「強佐留」の次点本諸本も、「強作留」の新点本諸本も、共にシヒサルと訓じている。参考までに、『西本願寺本』（鎌倉末期）を示そう。

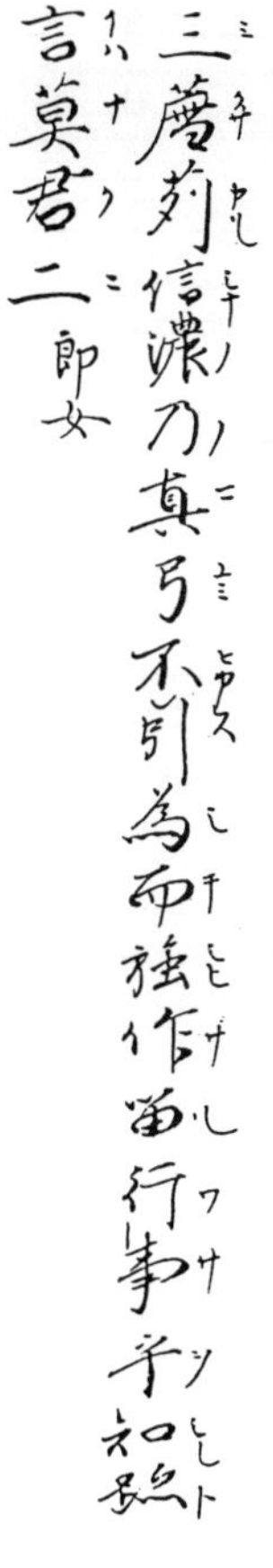
三薦刈信濃乃真弓不引為而強作留行事乎知跡
言莫君二　郎女

そして、次点本諸本に見られる「強佐留」を本文に定めて、シヒサルと訓むテキストに、塙書房や桜楓社の『万葉集』がある。しかし、この二冊は注釈書ではないので、訓み下すだけで解釈は行っていない。塙書房『万葉集』と同様に、小島憲之・木下正俊・佐竹昭広の共著である日本古典文学全集『万葉集』は、『西本願寺本』の「強作留」を本文に採用し、訓みを保留している。また、小島憲之・

木下正俊・東野治之の共著として改めて刊行された新編日本古典文学全集『万葉集』も、本文を「強作留」としたまま訓んでいない。ただし、新編の頭注には、旧編の方には見られなかった次のコメントが見える。

強作留―底本原文まま。元暦校本や金沢本などの古写本には「強佐留」とある。誤字説もあるが、文字通りシヒサルと訓み、相手に強く迫ったりわざと気弱いふりをしたりする巧妙な恋の駆引きを意味すると考えるべきか。

素直にシヒサルと訓んで、歌の解釈は本当にできないのだろうか。

みこも刈る信濃の真弓引かずしてしひさる（強佐留）わざを知るといはなくに

室伏秀平『万葉異見』（古川書房、一九七二年）は、ⓐの「強佐留」を本文にしてシヒサルと訓み、「意訳」のところで一首を次のように解釈する。

名の高い信濃の真弓を引いてみない、それではないが、私の心を引いてみることもしないで、無理にあなたの申し出を拒否するかどうか、前もって分るとは言えませんよ。否か応かは引いてみなければ分りませぬ。

「語釈」ではシヒサルについて、「強ヒ去ルすなわち強いて遠ざけ否む、敢て拒否する意」と説き、続く「鑑賞」において以下のように述べる。

「否と言はむかも」に対する「強ひさるわざを知ると言はなくに」の反しは明晰である。シヒサルは単なる拒否ではなく、強力に否むことであるが、言外の含みもないわけではなかろう。「梓弓引かばまにまに寄らめども後の心を知りがて（ママ）ぬかも」。つぎに並ぶ一首であるが、ここらあたりが本心か知れぬ。

この『万葉異見』の解釈は、これといって無理のないものだと思う。では、シヒサルを「強佐留」と表記することの妥当性について確認しておこう。

「強」字は、『万葉集』の中で、

否《いな》と言へど強《し》ふる（強流）志斐《しひ》のが強《し》ひ語《かた》り（強語）……　（万三・二三六）

否と言へど語れ語れと詔《の》らせこそ志斐いは奏《まう》せ強《し》ひ語り（強話）と言ふ　（万三・二三七）

物思《ものおも》ふと人に見えじとなま強《じ》ひに（奈麻強尓）……　（万四・六一三）

否《いな》と言はば強《し》ひめや（将強哉）我《わ》が背《せ》……　　（万四・六七九）

……我強《われし》ひめやも（吾将強八方）君が来まさぬ　　（万一二・二九六五）

のようにシフと訓まれている。また、平安時代の漢和辞書『類聚名義抄』にも、「強　シフ」とある。シフとは、「気持ちに逆らう・強いて……する」という意味を表す。

また、右に示した五首のうち、二三六番歌・二三七番歌・六七九番歌の三首は、シフ（強）が「否と言へど」や「否と言はば」という表現の後に来ており、これは大いに注目される。なぜなら、問題の九七番歌も、直前の九六番歌に「否と言はむかも」という句があるからで、これは九七番歌の「強」字を動詞シフで訓むのに、プラスの材料となるだろう。

「佐留」は音仮名として普通に訓めば、サルである。サルは四段動詞で、『岩波古語辞典・補訂版』に「他動詞。自分の意のままに遠ざけたり、譲ったり、拒んだりする意」という解説がある。他の古語辞典を見ても、「避ける・断る・辞退する」などの訳語が与えられている。例えば、『古語大辞典』（小学館）のサル（去る・避る）の項目の「語誌」には、「自分の意志で、遠ざけ、離すのが原義」とある。そして、『古語林』（大修館書店）には、四段他動詞サルの用例として、左記のものが掲げられている（傍線部は実際にはゴチック）。

なほしばし身をさりなむと思ひ立ちて「やはりしばらく身を遠ざけようと思い立って」〈蜻蛉・

中〉
もとの妻をばさりつつ、若く形よき女に思ひつきて［もとの妻を離縁して、若くて美しい女に心をよせて］〈宇治拾遺・四〉
えさらぬことのみいとど重なりて［避けることのできない用事ばかりがたいそう重なって］〈徒然・五九〉

それでは、「強」を正訓字でシヒと動詞の連用形で訓み、「佐留」を音仮名でサルと訓ませるのと同様の表記方式、すなわち、複合動詞を〈正訓字＋音仮名〉で書いた例が、『万葉集』にあるのかというと、九七番歌と同じ巻二にも見出せるので示そう。

梓弓弦緒《つらを》取りはけ（取波気）……　（万二・九九）
……ゆづるはの御井の上より鳴き渡り行く（鳴済遊久）　（万二・一一一）
……夏草の　思ひしなえ（念思奈要）て　偲《しの》ふらむ……　（万二・一三一）

このように、〈正訓字＋音仮名〉で複合動詞を表記した例は少なくない。したがって、シヒサルを「強佐留」と書く可能性は十分あり得る。

以上の事柄を考慮すれば、「強佐留」をシヒサルと訓むのは、最も素直な訓み方で、ごく自然な訓である。なお、新点本諸本に見られる「強作留」を本文にした場合でも「作」字はサの音仮名であるから、訓み方はシヒサルで変わらない。むしろ逆の見方をすれば、訓みがシヒサルであったからこそ、次点本の「強佐留」から新点本の「強作留」に表記が変わっても問題は起こらなかったのであろう。

五　一首の解釈

九七番歌は、「久米禅師が石川郎女を娉《よば》ふ時の歌五首」の歌群全体の中でどのように位置付けられるのか。そして、シヒサルはいかに解釈されるべきなのか。そのことについて、ここで考えてみたい。

①水薦苅《ミコモカル》　信濃乃真弓《シナノノマユミ》　吾引者《ワガヒカバ》　宇真人佐備而《ウマヒトサビテ》　不欲常将言可聞《イナトイハムカモ》　禅師　（万二・九六）
②三薦苅《ミコモカル》　信濃乃真弓《シナノノマユミ》　不引為而《ヒカズシテ》　強佐留《シヒサル》行事乎《ワザヲ》　知跡言莫君二《シルトイハナクニ》　郎女　（万二・九七）
③梓弓《アヅサユミ》　引者随意《ヒカバマニマニ》　依目友《ヨラメドモ》　後心乎《ノチノココロヲ》　知勝奴鴨《シリカテヌカモ》　郎女　（万二・九八）
④梓弓《アヅサユミ》　都良絃取波気《ツラヲトリハケ》　引人者《ヒクヒトハ》　後心乎《ノチノココロヲ》　知人曽引《シルヒトソヒク》　禅師　（万二・九九）
⑤東人之《アヅマトノ》　荷向篋乃《ノサキノハコノ》　荷之緒尓毛《ニノヲニモ》　妹情尓《イモハココロニ》　乗尓家留香問《ノリニケルカモ》　禅師　（万二・一〇〇）

②の「強ひさるわざを知るといはなくに」は、①の「うま人さびて否と言はむかも」に反発し、うまく切り返した句と考えられる。つまり、①で禅師が郎女の気を引いたならば郎女はお高く止まって

イヤだとおっしゃるでしょうか、と歌ったのを受けて、②で実際に郎女の気を引かないで郎女が強いて断ることを禅師は知るわけがない、と巧みにやり返したのである。

ここで留意したいのは、「強ひさるわざを」のワザという語で、『万葉集』におけるワザは、現代のように「技術・技能・芸」などといった意味に必ずしも偏ってはおらず、「意識的に何かをすること(行為や行動)」を表す。実例を挙げよう。

今のみのわざ(行事)にはあらず古《いにしへ》の人そまさりて音《ね》にさへ泣きし　(万四・四九八)
あしひきの山にし居れば風流《みやび》なみ我がするわざ(和射)を咎《とが》めたまふな　(万四・七二一)

右の四九八番歌のワザについて、日本古典文学全集『万葉集』は、その頭注で「ワザは行為。習慣化された所作についていうことが多い」と説明する。問題の「強ひさるわざを」のワザも郎女のとる「行為」と考えて特に問題はないと思う。ただし、それは単なる「行為」を指すのではなく、文脈の上で内容がある程度決まっていて人が予想できるものを言う。当該歌の場合には、「男女の恋の駆け引き」の際の「行為」である。

それから、もう一つ、「知るといはなくに」という句にも注意を向けたい。『万葉集』には、「知るといはなくに」と同形式の〈動詞終止形+トイハナクニ〉の句が、九七番歌以外に四例見える。

磯の上《うへ》に生《お》ふるあしびを手折《たを》らめど見すべき君がありといはなくに（在常不言尓）（万二・一六六）

今は我《あ》は死なむよ我が背生けりとも我に寄るべしと言ふといはなくに（言跡云莫苦荷）（万四・六八四）

大崎《おほさき》の神の小浜《をばま》は小《ちひ》さけど百船人《ももふなびと》も過ぐといはなくに（過迹云莫国）（万六・一〇二三）

潜《かづ》きする海人《あま》は告《の》れども海神《わたつみ》の心し得《え》ねば見ゆといはなくに（所見不云）（万七・一三〇三）

新編日本古典文学全集『万葉集』は、六八四番歌の頭注でこう説明する。

生けりとも……―言フの主語は世間の人。その下のトイフは形式的に使われていて、伝聞または断定の助動詞のような働きをしている。「生けりとも我に寄らざるべしと人の言はくに」とでもあれば分りやすいところだが、音数の関係で打消しが歌末に移されている。

要するに、トイハナクニは助詞トの上の動詞を否定する形式的な表現に過ぎないのであるから、先に示した四首のトイハナクニを含む結句は、次のようにワケガナイと口語訳すれば、すべてが統一的に解せることになる。

「ありといはなくに」→「あるわけがない」
「言ふといはなくに」→「言うわけがない」
「過ぐといはなくに」→「過ぎるわけがない」
「見ゆといはなくに」→「見えるわけがない」

ならば、九七番歌の「知るといはなくに」も「知るわけがない」の意になるはずであり、例えば、伊藤博『万葉集釈注』(集英社)のように、「いはなくに」を実質動詞「言ふ」で解釈するのは問題があろう。

信濃の真弓を実際に引きもしないで弦をかける方法なんか知っているとは、世間では誰も言わないものですがね。

そうすると、すでに「四」で紹介した『万葉異見』の解釈も、「無理にあなたの申し出を拒否するかどうか、前もって分るとは言えませんよ」ではなく、「分るわけがない」に修正する必要がある。

その結果、一首の解釈は左のようになる。

(……弓を引くように)あなたは私の気を実際に引きもしないのに、私が自分の気持ちに反して無理に断る（貴人ぶってイヤと言う）ことを、あなたは知るわけがない。

このように解釈すれば、①の「うま人さびて否と言はむかも（貴人ぶってイヤと言われるであろうか）」と、②の「強ひさるわざを（無理に断ることを）」とは見事に響き合う。そしてさらに、②の「強ひさるわざを」と③の「引かばまにまに寄らめ」は、百八十度違う正反対の表現となって、次のように対応していると見ることができる。

シヒサル（無理に断る）⟷マニマニヨル（素直に身をゆだねる）

ただし、シヒの解釈には多少注意を要する。シヒサルは「無理に断る」意であるが、

物思《ものおも》ふと人に見えじとなまじひ（強）に常に思へりありそかねつる　（万四・六一三）

のナマジヒ（自分の心を抑えて無理に）のシヒのように、「自分の気持ちにあえて逆らう」意のシヒと考えて、九七番歌も「本心は禅師の誘いに応じたいにもかかわらず、自分自身の気持ちに反して、無理に誘いを断る」意で解釈すると納得がいく。これは「お高く止まって否などとは申しませんわ」と答えたのと結局同じことである。だからこそ誘ってくれたら禅師の誘いのままに素直に従おうと、

つまり、「うま人さびて否」などとは決して言わない心中を、③の上句「梓弓引かばまにまに寄らめ」で、郎女は率直に表明するのである。しかし、そう答えた後で、③の下句では「後《のち》の心を知りかてぬかも（行く末の心がわからないなぁ）」と、女らしい不安な気持ちを付け加えている。

次いで、禅師は郎女の②③の歌を受け、将来にわたって愛し続ける自信があるから、④で「引く人は後《のち》の心を知る人そ引く」と男らしく求婚する。

最後に、⑤の初句「東人《あづまと》の」のアヅは、③④の初句「梓弓《あづさゆみ》」のアヅと音をそろえることで、頭韻を踏んだ形をとっている。そして、禅師は「妹は心に乗りにけるかも」と詠み終え、郎女が自分の心にずっしりと乗ってしまい、頭の中は郎女のことで一杯なのだ、と締めくくる。

以上、①~⑤の要点を押さえながら解釈を試みたが、『万葉集釈注』は五首を次のように捉える。これはたいへん示唆に富んだ見解で、理解の一助となると思われるので、少々長くなるが、そのまま引用しておこう。

以上五首は、鎖のようにからみあって連なりながら、柱が始めと中と終わりの三か所にあって、しかも、最後が最も高く盛り上がって、終わるべきかたちで終わっている。どうやら、五首には、男女が妻問い（共寝）をなしとげる時の模範的なやりとりを示す歌として語り継がれる歴史があったらしい。そこには、法師すらかくうたうという意識を伴う享受の姿勢もあったのかもしれない。

この場合、五首の男と女とがともに伝未詳の人で、「久米禅師」は、古くから歌儛や物語の伝承に深くかかわった氏族久米氏にちなみの名であること、また、「石川郎女」も、のちの藤原朝に、複数の男性と多彩な戯歌を交わしたなまめかしい女〝石川郎女〟（一〇七～一〇・一二六～九）の風姿を連想させることなどが興味をひく。磐姫皇后の四首（八五～八）と同様、この五首にも〝埋もれた作者〟があり、「久米禅師」と「石川郎女」とは、藤原朝の頃、その作者によって作り出された物語上の人物であった可能性が高い。

六　コハサルの可能性

本章の結論はシヒサルであるが、「強佐留」をコハサルと訓める可能性もあるかと思うので、そのことについて、いささか述べておきたい。

まず、「強」字については、コハと訓ませる例が『万葉集』にある。

山科《やましな》の木幡《こはた》（強田）の山を馬はあれど……　（万一一・二四二五）

地名の木幡《こはた》を「木旗《コハタ》」（万二・一四八）と書いた例もあり、右の原文「強田」はコハタと確実に訓むことのできる例である。

コハはク活用形容詞コハシ（強）の語幹である。コハシは外に向かって突っ張っていて触れた時に固いので、ピンと撥ねつける抵抗のさまを表す。『竹取物語』に「頑固だ・強情だ」の意のコハシの例があるので示そう。

口惜しく、この幼き者は、こはく侍る者にて、対面すまじき（竹取物語）

コハシの語幹コハ（強）は、「手強く突っぱねる」意で、「断る」意のサルに連用修飾の形でかかっていく。が、そこで問題になるのは、〈コハ（強）＋サル（断・避）〉と同様の語の構成、すなわち、複合語形の〈ク活用形容詞の語幹＋動詞〉が一体どれくらい存在するのか、ということである。実例をより多く求めるために時代を上代に限らなければ、

アツ＋ゴユ（厚肥）・アラ＋ダツ（荒立）・イタ＋ナク（莫泣）・ウス＋ワラフ（薄笑）・コハ＋バル（強張）・タカ＋シル（高知）・チカ＋ヅク（近付）・トホ＋ソク（遠退）・ナガ＋ビク（長引）・ニガ＋ワラフ（苦笑）・ヒロ＋シク（広敷）・フト＋シク（太敷）・ホソ＋ビク（細引）・ワカ＋ダツ（若立）

などが挙げられ、コハバル（強張）もある。なお、形容詞語幹は活用語尾の発達に伴い、語幹として

の自立性・独立性は時代とともに弱まっていったので、〈ク活用形容詞の語幹＋動詞〉という語形は時代がさかのぼれば、より多かったと考えられる。

また、〈ク活用形容詞の語幹＋動詞〉をコハサル（強佐留）のように〈正訓字＋音仮名〉で表記した例には、「高思良珠《タカシラス》」（万一・三六）などがあるので、表記の側からも問題ない。そうすると、「強佐留」をコハサルと訓み、「突っぱねて断る」の意で解釈することは可能性の一つとして、簡単には捨て去れないように思う。

しかしながら、①「強」字は既述のとおり、『万葉集』では動詞シフの表記に使用されるのが普通であること、②『万葉集』に「強」字をコハタ（木幡）のコハに当てた借訓字の例は見えるが、形容詞コハシの確実な例は無く、平安時代の和歌にも見当たらないこと、③〈動詞連用形＋動詞〉は一般的であるのに対し、〈ク活用形容詞の語幹＋動詞〉の方は語の構成としてはあり得るものの、やや特殊であること、の三点を勘案するならば、「強佐留」はコハサルよりもシヒサルで訓む方がまさるという結論になる。

おわりに

戦後の注釈書類を見ると、『万葉集』の九七番歌の第四句はヲハクル（弦作留）誤字説を採用するものが目立つ。本章では、「作」字がハグーの訓をもつ以上、それをハクーに当てることには相当の無理がある、という立場からヲハクル誤字説を否定した。

しかし、日本古典文学大系『万葉集』は、「不《ヤ》造《ハカ》笑《ズ》而《テ》」（万七・一三五〇）の「造」字をハカと清音で訓む。そう訓んだ上で、「弦《ヲ》作《ハク》留《ル》」（万二・九七）の「作」字もハクと訓じているのであるから、その点は終始一貫している。けれども、四三八六番歌の左注に見える「矢作部真長」についてはヤハギべノマナガのように「作」字をハギと訓んでおり、こちらは一貫性を欠く。

すでに本章の「三」で述べたように平安時代以降ならば、「作」字の訓はハグであった確証が得られる。しかし、奈良時代にはハクかハグかを決定できる資料は残念ながら発見できない。したがって、「弦作留」をヲハクルと訓む可能性を完全に否定することはできない。だが、ここで視点を変えて、ヲハクルを文字化するのに「弦作留」と書く必然性はあるのか、と逆に問い返すならば、これは甚だ不穏当な表記となる。なぜなら、『万葉集』における「作」字は、ツクルの正訓字として二〇例ほど用いられているが、ハクに当てられた例は皆無だからである。

……百足《ももた》らず　筏《いかだ》に作り（五十日太尓作）　のぼすらむ……　（万一・五〇）

妹として二人作りし（二作巳）我が山斎《しま》は……　（万三・四五二）

真木柱《まきばしら》作る杣人《そまびと》（作蘇麻人）……　（万七・一三五五）

新墾《にひばり》の今作る道（今作路）……　（万一二・二八五五）

……日ざらしの　麻《あさ》手《て》作《づく》りを（朝手作尾）……　（万一六・三七九一）

こういった使用状況を踏まえるならば、「弦作留」はヲハクル（弦をつける意）ではなく、むしろヲツクル（弦をつくる意）で訓まれる方がはるかに自然である（ただし、「弦作るわざを」では文脈上意味をなさないが）。仮に、ヲハクルが「弦著留」とでも書かれてあれば、まったく問題ないのであるが、わざわざ誤読の恐れも生じる「弦作留」という紛らわしい書き方をどうしてしたのか、その辺の意図が全然わからない。

本章の結論シヒサルは、訓み方および解釈の点で無理がなく、シヒザルやヲハクルよりも優れた説だと考える。それにしても近年の諸注（テキスト）が、シヒサルの訓を採用しないのはなぜだろう。今一度見直されても、よいのではないか。

補記

かつて筆者は、拙論「『弦作留《をはくる》わざを知ると言はなくに』（万葉集九七番）」（『学習院大学国語国文学会誌』二七号、一九八四年三月）において、ヲハクル誤字説を肯定したことがある。そこでは、

ミ――→水薦苅（九六）・三薦苅（九七）

カモ――→不欲常将言可聞（九六）・知勝奴鴨（九八）・乗尓家留香問（一〇〇）

ココロ──→後心乎（九八・九九）・妹情尓（一〇〇）

といった同語異表記、すなわち同じ語が繰り返し現れる場合に、それぞれを異なった文字で表記する傾向が一連の五首に確認されるところから、それを根拠としてヲの表記についても、

ヲ──→弦作留行事乎（九七）・都良絃取波気（九九）・荷之緒尓毛（一〇〇）

のように（一〇〇の「緒」はヒモであって弓のツルではないが）、違う文字を用いて表記したのではないかと推測し、「弦作留」を原文と考えて、ヲハクルと訓み得ると判断した。

だが、その後の拙論「『万葉集』九七番歌再考」（大野晋先生古稀記念論文集『日本研究―言語と伝承』角川書店、一九八九年一二月）では、ヲハクル説を撤回し、結論を本章と同じシヒサル説に改めた。

なお、コハサルの可能性については、鶴見大学日本文学会秋季大会（一九八八年一一月二四日）の「万葉を訓む」と題した講演で話したことがある。

第三章　一三三番歌の訓解

はじめに

小竹之葉者《ササノハハ》　三山毛清尓《ミヤマモサヤニ》　乱友　吾者妹思《ワレハイモオモフ》　別来礼婆《ワカレキヌレバ》　（万二・一三三）

これは『万葉集』の巻二に採録されている柿本人麻呂の石見相聞歌（人麻呂が石見の里から妻と別れて上京して来る時の歌）の有名な第二反歌であるが、この歌には第三句「乱友」の訓み方や、歌全体の解釈をめぐる論考が極めて多い。

本章では、その「乱友」の訓読と一首の解釈について考察する。なお、参照した先行研究に関しては、以下の論述をすっきりとさせるため、最後の「先行研究との関係」のところで一覧し、そこで本論の内容との関係について言及したい。

一　構造的に「友」はドモ

問題の「乱友」の読み方を決定するにあたり、まず、「友」の字はトモと訓むべきなのか、それともドモと訓むべきなのか、が第一の問題になる。なぜなら、「友」字は、『万葉集』の中で次のように接続助詞として、トモの表記にもドモの表記にも使用される文字だからである。

ⓐ「友」字をトモと訓む例

楽浪《ささなみ》の志賀の大わだ淀むとも（与杼六友）……（万一・三一）
百歳《ももとせ》に老い舌出でてよよむとも（与余牟友）……（万四・七六四）

ⓑ「友」字をドモと訓む例

梓弓引かばまにまに寄らめども（依目友）……（万二・九八）
夢にだに見えむと我はほどけども（保杼毛友）……（万四・七七二）

ⓐは終止形接続であることが表記の上から明白な例なので、「友」字はトモと訓まれる。それに対し、ⓑは已然形接続の確実な例であるから、「友」字はドモと訓まれる。そこで、問題の「乱友」の

場合はどうかというと、「乱」字は動詞の終止形と已然形のいずれにも訓み得る文字だから、「友」字はトモで訓むのがよいのか、それともドモで訓むのがよいのか、一体どちらが適切なのかを、当時の語法に照らして決定しなければならない。

それではここで、一三三番歌の構造を大づかみに分析してみよう。

笹の葉は　み山もさやに　乱友　我は妹思ふ　別れ来ぬれば

この「笹の葉は……」の歌は、第三句にトモあるいはドモのいずれかの接続助詞が来て、第五句の「別れ来ぬれば」という〈已然形＋バ〉の条件句で終結している。つまり、問題の歌は構造的には次のような形式である。

――――トモあるいはドモ――――已然形＋バ

そして、これと同じ構造の歌は、『万葉集』の仮名書き（一字一音の音仮名主体表記）の巻の中に三例ある。

世の中を憂しとやさしと思へども飛び立ちかねつ鳥にしあらねば　（万五・八九三）

秋の野をにほはす萩《はぎ》は咲けれども見るしるしなし旅にしあれば　（万一五・三六七七）
旅衣《たびころも》八重《やへ》着重ねて寝《い》ぬれどもなほ肌寒し妹にしあらねば　（万二〇・四三五一）

これら三首を見ると、いずれも第五句に〈已然形＋バ〉の条件句が来ているが、第三句の接続助詞は、すべてドモになっている。

ところで、今示した三首の下の句（第四句と第五句）は倒置表現になっており、その順直な語順はどうかというと、「飛び立ちかねつ鳥にしあらねば」（八九三）は「鳥にしあらねば飛び立ちかねつ」であり、「見るしるしなし旅にしあれば」（三六七七）は「旅にしあれば見るしるしなし」であり、「なほ肌寒し妹にしあらねば」（四三五一）は「妹にしあらねばなほ肌寒し」である。そこで今度は、〈已然形＋バ〉の条件句が第四句に来ている、

――トモあるいはドモ――已然形＋バ――

という構造の歌を検索すると、仮名書きの巻に次の二例がある。

常磐《ときは》なすかくしもがもと思へども世の事なれば留《とど》みかねつも　（万五・八〇五）
あしひきの山き隔《へな》りて遠けども心し行《ゆ》けば夢《いめ》に見えけり　（万一七・三九八一）

右の二首の場合も第三句の接続助詞は、やはり先の三例（八九三・三六七七・四三五一番歌）と同じくドモになっている。それに対して第三句の接続助詞がトモの場合はどうかというと、これも仮名書きの巻で訓み方の確かな例を探せば、

秋萩《あきはぎ》ににほへる我が裳《も》濡れぬとも君が御舟《みふね》の綱し取りてば　（万一五・三六五六）

の一例ではあるけれども、第五句は〈未然形［助動詞ツの未然形テ］＋バ〉の条件句になっている。
今までのことをまとめて示せば、左記のようになる。

――――ドモ――――已然形＋バ　　三例
――――ドモ――已然形＋バ――――　二例
――――トモ――――未然形＋バ　　一例

ここで大事なことはドモとあってその下に〈未然形＋バ〉の来た例は無い、トモとあってその下に〈已然形＋バ〉の来た例は無い、という事実である。これはどのように解釈できるのかというと、ドモは逆接確定条件を示すので〈已然形＋バ〉の順接確定条件と呼応した。それに対して、トモの方は

逆接仮定条件を示すので〈未然形＋バ〉の順接仮定条件と呼応したものと判断される。仮にこの考えが正しいとするならば、「笹の葉は……」の歌の第五句は、「別来礼婆《ワカレキヌレバ》」という表記から〈已然形＋バ〉であることは動かないので、第三句「乱友」の「友」字はドモで訓まれた蓋然性が高い、ということになる。

二　トモとドモに呼応する助動詞と助詞

以上は歌の構造という観点から、「乱友」の「友」字をドモと訓む結論に到達したわけだが、これまでの考えをより確実なものとするために、今度はトモとドモがいかなる語と呼応しているのかを、もう少し詳しく見ることにする。調査対象は『万葉集』の短歌で音仮名主体表記の諸巻はもちろん、それ以外の正訓字主体表記の諸巻でも明らかにトモかドモかを決定でき、呼応する結びの部分が仮名書きの例はすべて取り上げた。

まずはトモとドモが、どういう助動詞や助詞と呼応しているのかを一覧してみよう。

▼トモと呼応する助動詞・助詞

①ム（推量）

父母《ちちはは》も花にもがもや草枕旅は行《ゆ》くとも捧《ささ》ごて行かむ　（万二〇・四三二五）

②メヤ・メヤモ（反語）

春まけてかく帰るとも秋風にもみたむ山を越え来《こ》ざらめや　（万一九・四一四五）

にほ鳥《どり》の息長川《おきながかは》は絶えぬとも君に語らむ言尽《ことつ》きめやも　（万二〇・四四五八）

③ジ（打消推量）

我が袖は手本通《たもとどほ》りて濡《ぬ》れぬとも恋忘《こひわす》れ貝《がひ》取らずは行《ゆ》かじ　（万一五・三七一一）

④ベシ（当然推量）

万代《よろづよ》に年は来経《きふ》とも梅の花絶ゆることなく咲き渡るべし　（万五・八三〇）

⑤ナ・ナ〜ソ（禁止）

うつせみの八十言《やそこと》の上《へ》は繁くとも争ひかねて我《あ》を言《こと》なすな　（万一四・三四五六）

埼玉《さきたま》の津に居《を》る舟の風を疾《いた》み綱《つな》は絶ゆとも言《こと》な絶えそね　（万一四・三三八〇）

⑥ナ（勧誘）

高円《たかまと》の尾花《をばな》吹き越す秋風に紐《ひも》解き開けな直《ただ》ならずとも　（万二〇・四二九五）

⑦未然形テ＋バ（順接仮定条件）

秋萩ににほへる我が裳《も》濡れぬとも君が御舟《みふね》の綱し取りてば　（万一五・三六五六）

▼ドモと呼応する助動詞・助詞

⑧ム（推量）

夢《いめ》にだに見えむと我はほどけども相し思はねばうべ見えざらむ　（万四・七七二）

⑨ラム（現在推量）

今もかも大城《おほき》の山にほととぎす鳴きとよむらむ我なけれども　（万八・一四七四）

⑩ケム（過去推量）

時々《ときとき》の花は咲けども何すれそ母とふ花の咲き出来《でこ》ずけむ　（万二〇・四三二三）

⑪ケリ（過去回想・気付き）

うぐひすの声は過ぎぬと思へどもしみにし心なほ恋ひにけり　（万二〇・四四四五）

⑫ツ（完了）

水泡《みつぼ》なす仮《か》れる身そとは知れれどもなほし願ひつ千年《ちとせ》の命を　（万二〇・四四七〇）

⑬ズ・ナク・ナフなど（打消）

立山《たちやま》に降り置ける雪を常夏に見れども飽かず神《かむ》からならし　（万一七・四〇〇一）

室萱《むろがや》の都留《つる》の堤の成りぬがに児《こ》ろは言へどもいまだ寝《ね》なくに　（万一四・三五四三）

月日夜《つくひよ》は過《す》ぐは行《ゆ》けども母父《あもしし》が玉の姿は忘れせなふも　（万二〇・四三七八）

⑭ソ（指定）

伊香保嶺《いかほね》に雷《かみ》な鳴りそね我《わ》が上《へ》には故《ゆゑ》はなけども児《こ》らによりてそ　（万一四・三四二一）

これらを通覧すると、トモと呼応している語は、①ム（推量）②メヤ・メヤモ（反語）③ジ（打消推量）④ベシ（当然推量）⑤ナ・ナ〜ソ（禁止）⑥ナ（勧誘）⑦未然形テ＋バ（順接仮定条件）のように、将来の事柄について表現する助詞・助動詞が来ているが、これはトモが逆接仮定条件句を構成するのに対応した結果と解釈できるだろう。

それに対してドモの方と呼応している語は、⑧ム（推量）を除けば、⑨ラム（現在推量）⑩ケム（過去推量）⑪ケリ（過去回想・気付き）⑫ツ（完了）⑬ズ・ナク・ナフなど（打消）⑭ソ（指定）のように現在や過去の事柄について表現する助詞・助動詞が来ている。この結果は、ドモが逆接確定条件句を構成することと、やはり無関係ではあるまい。

ただし、ドモの中の⑧はム（推量）と呼応しているので、これは例外となる。なぜなら、ム（推量）は未来に向けて表現する助動詞で、次のように逆接仮定条件を表すトモの方と、数多く呼応しているからである。

松浦川《まつらがは》七瀬《ななせ》の淀《よど》は淀むとも我《われ》は淀まず君をし待たむ　（万五・八六〇）
大野道《おほのぢ》は繁道《しげち》茂路《しげみち》繁くとも君し通《かよ》はば道は広けむ　（万一六・三八八一）
ほととぎす夜声《よごゑ》なつかし網《あみ》ささば花は過ぐとも離《か》れずか鳴かむ　（万一七・三九一七）
行くへなくあり渡るともほととぎす鳴きし渡らばかくやしのはむ　（万一八・四〇九〇）

では、ドモの⑧に挙げたような、ドモとム（推量）が呼応している歌は『万葉集』全体でどのくらい見られるのであろうか。日本古典文学大系『万葉集』（岩波書店）と日本古典文学全集『万葉集』（小学館）で一致した訓みをしている歌を示せば、左の四例がある（これらは仮名書きの巻の例ではないので、すべて原文表記で示す）。

㋐勿念跡《ナオモヒソト》　君者雖言《キミハイヘドモ》　相時《アハムトキ》　何時跡知而加《イツトシリテカ》　吾不恋有牟《アガコヒザラム》　（万二・一四〇）

㋑夢尓谷《イメニダニ》　将所見常吾者《ミエムトアレハ》　保杼毛友《ホドケドモ》　不相志思者《アヒシオモハネバ》　諾不所見有武《ウベミエザラム》　（万四・七七二）

㋒淡海々《アフミノウミ》　奥 白浪《オキツシラナミ》　雖不知《シラネドモ》　妹 所云《イモガリトイハバ》　七日越来《ナヌカコエコム》　（万一一・二四三五）

㋓在千方《アリチガタ》　在名草目而《アリナグサメテ》　行目友《ユカメドモ》　家有妹伊《イヘナルイモイ》　将 欝悒《オホホシミセム》　（万一二・三一六一）

かつて筆者は、拙論「『万葉集』のトモとドモ」（『学習院大学上代文学研究』一四号、一九八八年三月）の中で、これら四首に検討を加えたことがある。

㋐は、原文表記が「君者雖言」だから、キミハイフトモと逆接仮定条件で訓むのが穏当であろう、と提案した。

㋑については、日本古典文学全集『万葉集』がその頭注で「ウベは見えないことを当然に思う意の副詞で、推量の助動詞ムはむしろウベと結びついている」と解説するとおり、結句のムはドモではなく、ウベの方と呼応していると考えれば、例外となるのも納得できる。

㋒に関しては、原文表記が「雖不知」なので、結句のムとの呼応からはシラズトモで訓むのが妥当だろうと判断した。

㋓の場合は、表記が「行目友」であるから、ここはユカメドモ以外の訓みは考えられず、「将欝悒」の方も「将」字があるので、どうしてもムと訓まざるを得ない。そうすると、㋓は『万葉集』で唯一ドモがムと呼応した確実な例外となる。しかし、これはドモの上にムの已然形メが来てメドモとなっているので、あるいはそこに例外となった理由を求めることができるかも知れない。

なお、一九九四〜一九九六年に刊行された新編日本古典文学全集『万葉集』（小学館）の方を見ると、㋐はキミハイフトモ、㋒はシラズトモにそれぞれ改訓されている。そして、キミハイヘドモからキミハイフトモに訂正された㋐の頭注に次の解説を付すが、賛成できる。

君は言ふとも―イフトモの原文「雖言」はイフトモ（仮定）、イヘドモ（確定）と読まれ、古写本の訓も両方に分れる。下句が未来推量や意志表現である場合仮定条件が多いためイフトモに従う。

三　トモとドモに呼応する動詞と形容詞

次いで、トモとドモが、どのような動詞や形容詞と呼応しているのかを見ることにする。

▼トモと呼応する動詞・形容詞

⑮動詞の命令形

山川《やまかは》を中に隔《へな》りて遠くとも心を近く思ほせ我妹《わぎも》　（万一五・三七六四）

卯《う》の花の咲く月立ちぬほととぎす来鳴《きな》きとよめよ含《ふふ》みたりとも　（万一八・四〇六六）

⑯形容詞の終止形＋モ

さ雄鹿《をしか》の伏《ふ》すや草むら見えずとも児《こ》ろが金門《かなと》よ行《ゆ》かくし良《え》しも　（万一四・三五三〇）

⑰形容詞のヨシ（許容・放任）

青柳梅との花を折りかざし飲みての後は散りぬともよし　（万五・八二一）

▼ドモと呼応する動詞・形容詞

⑱動詞の連体形

梅の花香《か》をかぐはしみ遠けども心もしのに君をしそ思ふ　（万二〇・四五〇〇）

⑲形容詞の終止形＋モ

栲衾《たくぶすま》　白山風《しらやまかぜ》の寝《ね》なへども児《こ》ろがおそきのあろこそ良《え》しも　（万一四・三五〇九）

⑳形容詞の終止形・連体形・ミ語形

韓亭能許《からとまりのこ》の浦波立たぬ日はあれども家に恋ひぬ日はなし　（万一五・三六七〇）

人ごとに折りかざしつつ遊べどもいやめづらしき梅の花かも　（万五・八二八）

立ち反《かへ》り泣けども我《あれ》はしるしなみ思ひわぶれて寝《ぬ》る夜《よ》しそ多き　（万一五・三七五九）

最初に動詞の方から見ていく。トモと呼応するのは⑮動詞の命令形であるが、命令形とは将来こうあれと、まだ実現していない事態に向けての表現であるから、逆接仮定条件句を構成するトモと呼応したのであろう。一方ドモと呼応するのは、⑱動詞の連体形であるが、これは係助詞ソの係り結びで連体形による強調表現としての終止法だから、終止形とある意味で同等に扱ってよいと思われる。『万葉集』にはドモが動詞の終止形と呼応した確実な例は見えないが、『日本書紀』の歌謡には終止形とドモが呼応した例が一首ある。

橘は己《おの》が枝枝生《えだえだな》れれども（騰母）玉に貫《ぬ》く時同《おや》じ緒《を》に貫《ぬ》く（農倶）　（紀・歌謡一二五）

右の「貫く」は動詞の終止形であるが、「貫く」ことはすでに成立している。先に示した⑱の「思ふ」という行為も同様に実現している表現であった。現代語の終止形は「明日、学校に行く」のように、「行くでしょう」の意味で未来のことも表すことができる。けれども、山口佳紀「万葉集における時制《テンス》と文の構造」（『国文学・解釈と教材の研究』三三巻一号、一九八八年一月）は、「二　終止法の場合」の中で、「現代語であると、〈基本形〉で未来を表すことが多いが、万葉集には、そうした例が見当たらない」と言い、「なお、終止法の特別な場合として、助詞トで受けて引用句になる場合は、未来のことであっても、〈基本形〉の現れることがある」と述べ、次の例を挙げる。

絶《た》ゆと言はば（絶常云者）わびしみせむと……　（万四・六四一）

あしひきの山縵《やまかづら》の児今日《こけふ》行くと（往跡）……　（万一六・三七八九）

右の「絶ゆと」は「絶えむと」の意、「行くと」は「行かむと」の意になるので、これらは特別なケースであると指摘する。

さてそうすると、問題の「笹の葉は……」の歌は第四句に「我は妹思ふ」とあり、「思ふ」は上に係助詞「は」があるので動詞の終止形である。したがって、ここでも「ドモ↔動詞終止形」という呼応関係から、「乱友」の「友」字はドモで訓むのが適切だと言い得る。もし第四句の「吾者妹思」を「我は妹思へ」と命令形で訓めるのならば、「友」字はトモで訓じられることになるが、しかし、それは文脈上無理であって、ここは「我は妹思ふ」以外の訓み方は考えられない。

では、形容詞の場合はどうか。⑯と⑲は共に呼応する語が「良《え》しも」であるから、並べて比較してみる。

㋔さ雄鹿《をしか》の伏《ふ》すや草むら見えずとも児《こ》ろが金門《かなと》よ行《ゆ》かくし良《え》しも　（万一四・三五三〇）

㋕栲衾《たくぶすま》白山風《しらやまかぜ》の寝《ね》なへども児《こ》ろがおそきのあろこそ良《え》しも　（万一四・三五〇九）

それぞれ解釈すると、㋔は「さ雄鹿の伏す草むらのように見えなくても、あの娘の金門を行くのは良いだろうなぁ」で、㋕は「白山風の寒さで寝られないけれども、あの娘の（くれた）着物があって良かったなぁ」となる。つまり、㋔の「良《え》しも」はまだ実現していないのに、㋕の「良《え》しも」の方はすでに実現したことを歌っているのである。これは㋔の「良《え》しも」の直前にある助詞がシであるのに対して、㋕の「良《え》しも」の直前にある助詞がコソで異なることが、微妙に影響を及ぼしているのかも知れない。

ただ、こういった形容詞の用法は現代語も古典語の場合と同じで、「試合に勝てれば、嬉しい」は仮定表現を表すが、「試合に勝ったので、嬉しい」は確定表現を表す。要するに、形容詞は同形でもって、未来のことについても現在のことについても表現することができるのである。

したがって、『万葉集』で慣用表現化している⑰形容詞のヨシ（許容・放任）が逆接仮定条件を表すトモと呼応しているのは、ヨシが「（……しても）構わない」の意で、仮定のことを言っているからである。逆に、⑳形容詞の終止形・連体形・ミ語形がドモと呼応しているのは、どれも確定したことを言っているので、こちらも問題ない。

これらを踏まえれば、「一」でトモが〈未然形＋バ〉の順接仮定条件句と呼応し、ドモが〈已然形＋バ〉の順接確定条件句と呼応したのは、単なる偶然でなかったことが裏付けられる。すなわち、トモが来た場合とドモが来た場合では、その結びの表現に顕著な違いが見られるのであり、この時制の一致とでも言うべき呼応関係はどうしても認めざるを得ない。こうした事実を無視して、「たとえ笹の葉は……していようとも、私は妻を思う。別れて来たので」と現代語訳で無理なく自然に解釈ができるから、この「友」字はトモと訓めるのだと主張するのは、対象が内省のきかない上代語であるだけに説得力に欠け、危険である。

以上、これまでの調査・分析の結果から導き出された結論は、『万葉集』の語法に基づく客観的なものであり、「乱友」における「友」の文字は、トモと訓むのに有利な資料は無く、逆にドモと訓むのに障害となる都合の悪い資料は何一つ見出せなかったということである。

四　ミダレドモ説

「友」字をドモと訓むならば、「乱友」の訓み方はこれまでに提出されている、マガヘドモ・サヤゲドモ・サワケドモの三訓に絞られる。なぜ、「乱友」をミダレドモと訓めないのかというと、上代における自動詞ミダル（「……が乱れる」という意）は、『古事記』の歌謡に見える、

……刈薦《かりこも》の乱れば乱れ（美陀礼婆美陀礼）……　（記・歌謡七九）

の「未然形＋バ」（……［刈薦《かりこも》の］ばらばらになるならばそうなれ……）の例から下二段活用である

ことがわかる。そうすると、已然形はミダルレとなるが、「乱友」をミダルレドモと六音で訓じるのは句中に母音音節（エを除く、アイウオ）を含んでいない。これは字余りが許される条件を満たしておらず、考察の対象から除外される。字余りの法則にかなった句としては、例えば次のようなものがある。いずれも、問題の「乱友」と同じ第三句が字余りで、訓み方の確実な仮名書きの巻の例である。

㋖世の中は恋繁《こひしげ》しゑやかくしあらば梅の花にもならましものを　（万五・八一九）
㋗あさりする漁夫《あま》の子どもと人は言《い》へど見るに知らえぬうまひとの子と　（万五・八五三）
㋘水久君野《みくくの》に鴨《かも》の這《は》ほのす児《こ》ろが上《うへ》に言《こと》をろ延《は》へていまだ寝《ね》なふも　（万一四・三五二五）
㋙百《もも》つ島足柄《しまあしがら》小舟《をぶね》あるき多《おほ》み目こそ離《か》るらめ心は思《も》へど　（万一四・三三六七）

㋖には単独母音アが句中に、㋗には単独母音イが句中に、㋘には単独母音ウが句中に、㋙には単独母音オが句中に、それぞれ含まれている。しかし、ミダルレドモの場合には、こういった単独母音が句中に含まれていない。

ところで、ミダリニだとかミダリ心地などに見られるミダリは、かつて四段に活用していた痕跡をとどめていると思われる例であるが、これらのミダリはおそらく他動詞であろう。なぜかというと、下二段活用のミダルが自動詞の場合には、四段活用のミダルは他動詞の可能性が大きいからである。例えば、「育つ」「続く」は四段自動詞と下二段他動詞、「切る」「焼く」はそれとは逆に四段他動詞と下二段自動詞といった具合に、自他が四段と下二段とでそれぞれ組みになっている例は多く、それらは互いにパラレルな関係にあるのである。『古語大辞典』(小学館)のミダルの「語誌」に次の解説があるが、そのとおりだと思う。

「乱る」には四段活用の自動詞があると考えられているが、個々の例文を検討してみると、自動詞と見なす根拠が弱く、「乱る」四段活用は他動詞のみに統一される。(以下略) [原田芳起]

したがって、「乱友」を四段動詞のミダルでもってミダレドモと訓んだとしても、それは他動詞であるから、「笹の葉はみ山もさやに乱していれけれども」の意になってしまい、文脈上まったく意味をなさない。以上から、ミダレドモの訓は成立しないことになる。

五　マガヘドモ説

初めに、マガヘドモ説から検討しよう。

マガヘドモ説は、「乱」字をマガフと訓む例が『万葉集』に見えるのを主たる根拠とする。

……もみち葉《ば》の　散りのまがひに(散之乱尓)　妹《いも》が袖　さやにも見えず……　(万二・一三五)

秋山に落つるもみち葉《ば》しましくはな散りまがひそ（勿散乱曽）妹《いも》があたり見む〈一に云ふ、散りなまがひそ（知里勿乱曽）〉
（万二・一三七）

右の二首は石見相聞歌（一三一～一三三番歌）と異伝の関係にある長歌と反歌の例だが、ここに計三回使用されている「乱」字は、近年の注釈書が一致してマガヒと訓むとおりで、別の訓は考えられない。

ではここで、『万葉集』における自動詞マガフと、その名詞形マガヒの表す意味を確認するために、仮名書きの全用例を列挙する。

梅の花散りまがひたる岡辺《をかび》にはうぐひす鳴くも春かたまけて（万五・八三八）
妹が家に雪かも降ると見るまでにここだもまがふ梅の花かも（万五・八四四）
あしひきの山下光《やましたひか》るもみち葉《ば》の散りのまがひは今日《けふ》にもあるかも（万一五・三七〇〇）
世の中は数《かず》なきものか春花《はるはな》の散りのまがひに死ぬべき思《おも》へば（万一七・三九六三）
……乎布《をふ》の崎　花散りまがひ　渚には　葦鴨《あしがも》騒《さわ》き……（万一七・三九九三）

これらの例から、マガフ・マガヒは、いずれも花や葉が散る動きを伴った場合に限って使用され、散ることなしに単に入り乱れるさまだけを表すマガフ・マガヒの確実な例は皆無であることがわかる。

先に示した石見相聞歌の異伝における「乱」字で表記された三例のマガヒも、「もみち葉の散る」様子を歌っていた。

問題の「乱友」は『万葉集』の表記の在り方から、マガヘドモと訓むことは可能である。しかし、マガフの例がもっぱら葉などが散ることに関してのみ用いられる語であることを考慮すれば、「笹の葉は……」の場合は笹の葉が散るわけではないから、これをマガヘドモと訓じることは極めて困難となる。よって、マガヘドモの訓は受け入れにくい。

六　サヤゲドモ説

続いて、ミダルトモ説と並んで、多くの注釈書が採用するサヤゲドモ（最初に訓じたのは江戸末期の橘守部の『万葉集檜嬬手』）の訓が成り立つかどうかを検討しよう。

サヤゲドモ説の強みは何と言っても、「葉→サヤグ」の主語述語の関係を『万葉集』で確認できるところにある。

葦辺《あしへ》なる荻《をぎ》の葉さやぎ（荻之葉左夜芸）……　（万一〇・二一三四）

笹《ささ》が葉のさやぐ（佐左賀波乃佐也久）霜夜《しもよ》に……　（万二〇・四四三一）

『万葉集』に見られるサヤグは右の二例だが、とりわけ四四三一番歌の「笹が葉のさやぐ」が仮名書きになっているのは、サヤゲドモ説にとって力強い決め手であるかのように思われる。けれども、これはサヤゲドモ説にとって両刃の剣なのである。以下、その点について私見を述べたい。

そもそも、「乱友」の上にある「三《ミ》山《ヤマ》毛《モ》清《サヤ》尓《ニ》」のサヤは、「ざわめくばかり」という意味を表す動詞サヤグの語幹部分サヤに当たるものと考えられる。その根拠として、この「み山もさやに」と同じ〈……モ……ニ〉型の他の例を、『万葉集』から探し出すと、

㋚……山も狭《せ》に（山毛世尓）咲けるあしびの……　（万八・一四二八）

㋛……枕もそよに（枕毛衣世二）嘆きつるかも……　（万一二・二八八五）

㋜……滝もとどろに（多伎毛登杼呂尓）鳴く蟬《せみ》の……　（万一五・三六一七）

㋝……手玉《ただま》もゆらに（手珠毛由良尓）織《お》る機《はた》を……　（万一〇・二〇六五）

などがある。㋚の「山も狭《せ》に」のセは動詞セクの語幹部分に相当する。㋛の「枕もそよに」のソヨは動詞ソヨグの語幹部分に相当する。㋜の「滝もとどろに」のトドロは動詞のトドロクの語幹部分に相当する。㋝の「手玉《ただま》もゆらに」のユラは動詞ユラクの語幹部分に相当する。これらにならえば、「み山もさやに」のサヤは動詞サヤグの語幹部分に相当するものと推定される。

そうなると、サヤニサヤグは副詞サヤニが動詞サヤグを修飾する形になるが、そのような結合関係、

例えばソヨニソヨグだとかトドロニトドロクなどはあってもよさそうな表現であるが、文献に実例を見出せない。こういった修飾関係は、おそらく重複した表現になってしまうために、実現しなかったのであろう。

ただし、『古事記』に問題となりそうな説明を要する例が一つあるので、今それを吟味してみる。

……即《スナハチ》其御頸珠之緒《ソノミクビタマノヲ》、母由良邇《モユラニ》、取由良迦志而《トリユラカシテ》、賜天照大御神而詔之《アマテラスオホミカミニタマヒテノリタマヒシク》……

（記上巻・伊耶那岐命と伊耶那美命）

このモユラニトリユラカシテは、一見すると重複表現と言えそうな例かも知れないが、これは先の純粋な〈……モ……ニ〉型ではない。なぜかというと、「玉の緒」は「賜ひて」の目的語であるから、「珠之緒母《タマノヲモ》由良邇《ユラニ》」ではなく、「珠之緒《タマノヲ》、母由良邇《モユラニ》」と区切らなければならないからである。このモユラニはユラニ（揺に）に接頭語モの付いたもので、玉の触れ合う音を表す擬音語であるが、その例は『日本書紀』にも見える。

……瓊音《ぬなと》ももゆらに（奴儺等母母由羅尓）（神代紀上・訓注）

すると、モユラニトリユラカシテという表現が問題になるわけだが、これは、

……一に云《い》ふ　いやますますに（弥益々尓）恋《こひ》こそ増《ま》され（増焉）（万一〇・二一三二）

……子孫《うみのこ》の　いや継《つ》ぎ継《つ》ぎに（伊也都芸都岐尓）見る人の　語り継《つ》ぎ（都芸）てて……（万二〇・四四六五）

などと等価の表現と認められる。すなわち、ユラニトリユラカスではなく、モユラニトリユラカスとなっているのは単純な重複を回避した表現と見ることができ、イヤマスマスニ……マサルやイヤツギツギニ……カタリツグにおける接頭語イヤと、モユラニの接頭語モとは同じ働きをしていると見なされる。つまり、トリユラカスを修飾するのに、ユラニという副詞をそのまま用いたのでは、ユラニのユラがユラカスの語幹そのものに当たってしまうので、修飾語としての効果がない。そこで、高まる状態を明確に示すために接頭語モをユラニに付着させた。そうすることで、モユラニはトリユラカスを修飾することが可能になった、と解釈すべきであろう。なお、モユラニトリユラカスの場合はユラカスにトリが付いており、その点でも単純な重言にならぬよう、微妙に変化させた表現になっている。

したがって、実際に例を見出せないサヤニサヤグだとかトドロニトドロクなどといった単なる重複表現と、モユラニトリユラカスとは、本質的に異なる結合関係であって、表現としての価値が違うと考えられる。

ここまで、サヤニサヤグは重複した表現となってしまうから、実例が見当たらないのではないか、と判断したが、その傍証例として、『万葉集』の「笹の葉は……」を本歌とする『新古今和歌集』の次の一首が参考になる。

笹の葉はみ山もさやにうちそよぎ凍《こほ》れる霜を吹く嵐かな　　（新古今・六一五）

このサヤニは、「ざわざわと」という意味を表す擬音語で、修飾先はウチソヨギである。ウチは語の調子をととのえる働きをする接頭語で、「さっと・ぱっと」のように瞬間的な動作やちょっとした何気ない動作を表す。ソヨグはサヤグの母音交替形（sayagu ⟷ soyogu）で、「風に揺れてそよそよと音をたてる」という意味を表す。ここがサヤニ（ウチ）サヤグではなくソヨグになっているのは、完全な重複表現を避けるために母音交替の語形を用いてずらしたものと解される。そのことは、今示した『新古今和歌集』の六一五番歌の直後に置かれた、

君来ずはひとりや寝なむ笹の葉のみ山もそよにさやぐ霜夜を　　（新古今・六一六）

を見ても明らかである。今度はソヨニサヤグであり、先のサヤニウチソヨグとは修飾語と被修飾語の関係が反対になっている。なぜ、現代語の感覚で語調がよいと感じられるサヤニサヤグという表現をとらなかったのか、『新古今和歌集』の二首を見て、改めてその理由をよく考えるべきであろう。

要するに、『万葉集』の「笹の葉は……」は、動詞サヤグの語幹を含む副詞サヤニのところでもって、「葉→サヤグ」の主語述語の関係を十分とは言えないにしろ、ある程度は達成し得たと思われる。したがって、「笹の葉は」の直接の述語は、サヤグとは形態的にも意味的にも少しは違った語が来るのが表現として自然だろうということである。〈サヤニ……〉の例を『新編国歌大観CD-ROM版』(角川書店)で検索してみると、問題の一三三番歌だけはサヤニサヤグと訓読しているために例として出て来るけれども、それ以外のサヤニサヤグという例は、まったく見出すことができない。

以上から、「み山もさやにさやげども（み山もさやぐばかりにさやいでいるけれども）」を承認することは、修飾表現の実際の在り方からみて、非常に難しいと言わざるを得ない。

また、サヤグは聴覚を主とする語であるにもかかわらず、なぜ「乱」の字を用いたのか、その点についても合理的な説明が与えにくい。『万葉集』の巻一〇は正訓字表記を主体とする巻だが、そこに見えるサヤグの語が、

葦辺在《アシヘナル》　荻之葉《ヲギノハ》左夜芸《サヤギ》　秋風之《アキカゼノ》　吹来苗丹《フキクルナヘニ》　雁鳴渡《カリナキワタル》　（万一〇・二一三四）

のように、わざわざ「左夜芸《サヤギ》」と音仮名で表記された背景には、自立語サヤグが正訓字で表記し難い事情があったからだと推察される（例えば、「吹来《フキクル》」「鳴渡《ナキワタル》」といった動詞は正訓字でもって書かれているにもかかわらず）。

さらに、『日本書紀』の訓注に見えるサヤゲリナリの例にも注意したい。

聞喧擾之響焉　此云　左椰霓利奈離《サヤゲリナリ》　（神武即位前紀・訓注）

『日本書紀』の訓注の性格に関しては、『古事記日本書紀必携』（学燈社、一九九五年一一月）所収の、山口佳紀「記・紀の訓読を考える」が、次のように述べる（一八頁上段）。

『古事記』は、日本語を表現する文であり、ある語の訓字表記が困難な場合には、仮名表記にすればよい。それに対して、『日本書紀』は、中国語に翻訳してしまうから、もとの日本語のニュアンスは失われる。訓注は、漢文表現に対応する日本語の表現がどんなものであるかを伝えるための注記ではないかと考えられる。

この考えによれば、サヤゲリナリを中国語「聞喧擾之響焉」に翻訳したものの、それだけでは日本語のサヤゲリナリと対応させることが困難であったために、訓注の「左椰霓利奈離《サヤゲリナリ》」を付け加えたということになる。

現に、サヤグが漢字表記しにくいことは、古語辞典のサヤグの見出し語を見ても語義の理解の助けとなる漢字がほとんど当てられていない事実からもうかがえる。サヤグに「戦」字を当てている辞典も少数あるが、「戦」字は『類聚名義抄』にソヨメクの訓があり、サヤグの母音交替形のソヨグに通じるところから利用されたものであろう。また、『時代別国語大辞典・上代編』（三省堂）には「乱」字が当てられているが、それは『万葉集』一三三番歌の「乱友」をサヤゲドモと訓む立場からのものであって、それ以外の根拠はどこにも無い。

以上の検討を通して、サヤゲドモ説には表現と表記の双方に問題のあることが明らかになった。

七　サワケドモ説

最後に、サワケドモ説が成立するか否かを確かめたい。

まず、「乱」の文字をサワクと訓めるかどうかであるが、次の例は近年の注釈書が一致してサワクと訓む。

松浦船《まつらぶね》騒《さわ》く堀江《ほりえ》の（乱穿江之）水脈《みを》速み梶《かぢ》取る間《ま》なく思《おも》ほゆるかも　（万一二・三一七三）

これは梶の音と、その梶を取る人のあわただしい動きをサワクと表現しており、松浦船の梶の音が高かったことは、左の歌から知ることができる。

さ夜更《よふ》けて堀江《ほりえ》漕《こ》ぐなる松浦船梶《まつらぶねかぢ》の音《おと》高し（松浦舟梶音高之）水脈《みを》速みかも　（万七・一一四三）

それでは、「乱」字をサワクに当てた例は、「騒《さわ》く堀江《ほりえ》の（乱穿江之）」だけかというと、そうとも限らない。次の例はどうであろうか。

……旦雲《アサクモ》二《ニ》　多頭羽《タヅハ》乱……　（万三・三二四）

右の「乱」字はほとんどのテキストでミダレと訓まれている。しかし、『万葉集』でタヅ（鶴）に対してミダルと表現した例は、ここの例以外に見られない。一方、「タヅ↓サワク」と歌った確かな例は二例見出せる。

……可良《から》の浦にあさりする鶴《たづ》（多豆）鳴きて騒《さわ》き（佐和伎）ぬ　（万一五・三六四二）

……一に云ふ　鶴騒《たづさわ》く（多豆佐和久）なり　（万二〇・四〇一八）

ちなみに、タヅ（鶴）ではないが、同じ鳥のカモ（鴨）の類に対してサワクと表現した仮名書き例も存在する。

……渚には　葦鴨騒《あしがもさわ》き（阿之賀毛佐和伎）……　（万一七・三九九三）

……あぢ群《むら》の（安治牟良能）騒《さわ》き（佐和伎）競《きほ》ひて……　（万二〇・四三六〇）

このように鳥類についてはサワクの方を用いて、ミダルを用いた確実な例は無い。こうした事実を踏まえるならば、従来ミダレと訓まれていた「多頭羽《タツハ》乱」の「乱」字は、サワキ（騒き）と訓じ直すべきではないか。ここの改訓については、佐佐木隆「『万葉集』訓読の再検討」（『国文学・解釈と鑑賞』四一巻八号、一九七六年八月）が、すでに提唱している。筆者は、この訓に従うべきだと考えるが、もしこれが承認されるならば、「乱」字をサワクに当てたものは先の「乱穿江之《サワクホリエノ》」の例と合わせて、『万葉集』に二例あるということになる。

ところで、今日我々はサワグに対して「騒」という漢字を常用しているが、『万葉集』では、

……夕霧《ゆふぎり》に　かはづは騒《さわ》く（河津者驟）……　（万三・三二四）

潮干《しほふ》れば葦辺《あしへ》に騒《さわ》く（葦辺尓蹘）白鶴《しらたづ》の……　（万六・一〇六四）

葦鶴《あしたづ》の騒《さわ》く入江の（颯入江乃）……　（万一一・二七六八）

……漕《こ》ぐ船の船人《ふなびと》騒《さわ》く（船人動）波立つらしも　（万七・一二二八）

松浦船《まつらぶね》騒《さわ》く堀江《ほりえ》の（乱穿江之）水脈《みを》速み……　（万一二・三一七三）

……五月蝿《さばへ》なす　騒《さわ》く舎人《とねり》は（驟驂舎人者）……　（万三・四七八）

……鮪《しび》釣《つ》ると　海人《あま》舟《ぶね》騒《さわ》き（海人船散動）……　　（万六・九三八）

のように、サワクに当てられる漢字は何種類（騒・躁・颯・動・乱・騒驂・散動）もあり、それほど固定的ではなかった。

そして、『万葉集』におけるサワクの意味（使われる場面や状況）を見ると、

……石走《いはばし》る　近江《あふみ》の国の　衣手《ころもで》の　田上山《たなかみやま》の　真木《まき》さく　檜《ひ》のつまでを　もののふの　八十宇治《やそうぢ》川《かは》に　玉藻《たまも》なす　浮かべ流せれ　そを取ると　騒《さわ》く御民《みたみ》も（散和久御民毛）家《いへ》忘れ　身もたな知らず……　（万一・五〇）

のように、大勢の人達が声を上げる「音」と、入り乱れて立ち働く「形」をほぼ半々に表したサワクもあれば、

鳥じもの海に浮き居《ゐ》て沖つ波騒《さわ》くを聞けば（驂乎聞者）あまた悲しも　（万七・一一八四）

のように、波の動きよりも波の「音」の立つさまを主に捉えた聴覚中心（聞く）の意味を表すサワクもある一方で、

あしひきの山にも野にもみ狩人《かりびと》さつ矢手挟《やたばさ》み騒《さわ》きてあり見ゆ（散動而有所見《サワキテアリミユ》）（万六・九二七）

のように、狩人の掛け声よりも、狩人の動く「形」の入り乱れたさまを主に捉えた視覚中心（見ゆ）の意味を表したサワクもある。

新編日本古典文学全集『万葉集』の九二七番歌の頭注に、

騒きてあり見ゆ―サワクは音響として捉えられる鳴動や音声ばかりでなく、目に見える躍動や雑踏などの物の激しい動きをも兼ねて表すことが多い。

という解説があるとおり、いずれの場合も程度の差こそあれ、サワクは「音」と「形」が同時に生じている状況で用いられる語だと認められよう。

そこで、問題の「乱友」をサワケドモと訓めば、多数の笹の葉が風に吹かれて入り乱れる「形」と、その笹の葉がすれ合って出す「音」の双方を過不足なく描写し得る。それに、笹の葉が風に吹かれて山一面にざわめく光景は、

……風吹けば　白波騒《しらなみさわ》き（白波左和伎）……（万六・九一七）

……朝風に　浦波騒《さわ》き（浦浪左和寸）……　（万六・一〇六五）

などの波が風でサワク自然現象と相通じると見て差し支えないだろう。

それに何よりも、「笹の葉は……」の歌と内容および構造が酷似した類歌二首を見ると、第三句の「動友」と「驟鞆」は、いずれもサワケドモで訓まれている。

㋞高島《たかしま》の阿渡《あど》白波《しらなみ》は騒《さわ》けども（動友）我は家思ふ廬《いほ》り悲しみ　（万七・一二三八）
㋟高島《たかしま》の阿渡《あど》川波《かはなみ》は騒《さわ》けども（驟鞆）我は家思ふ宿《やど》り悲しみ　（万九・一六九〇）

㋞と㋟は類歌の関係にあるが、特に㋟が人麻呂歌集採録歌である点は注目に値しよう。もっとも、二首の第三句をサワクトモと訓じるテキストもあるが、下の句がどちらも現在のことを歌っている点から、トモで訓むのは無理であろう。そのことは、本章の「一」～「三」ですでに検証済みである。

なお、㋟の場合は「鞆」字をドモと訓むことになるが、「鞆」字をドモに使用した例はほかにもある。

粟島《あはしま》に漕《こ》ぎ渡らむと思へども（思鞆）明石《あかし》の門波《となみ》いまだ騒《さわ》けり　（万七・一二〇七）
時ならぬ斑《まだら》の衣《ころも》着欲《きほ》しきか島の榛原《はりはら》時にあらねども（時二不有鞆）　（万七・一二六〇）
もみち葉のにほひは繁し然れども（然鞆）妻梨の木を手折りかざさむ　（万一〇・二一八八）

これまでの検討から、サワケドモ説が最も無理が少ない、という結論に至った。

八　一首の解釈

それでは、「乱友」をサワケドモと訓んで、一首の解釈を試みることにするが、その前に「笹の葉は……」の第二句「三山《ミヤマ》毛《モ》清尓《サヤニ》」を模倣したとされる、笠朝臣金村《かさのあそみかなむら》の長歌の冒頭部分を見ておこう。

あしひきの　み山もさやに（御山毛清）　落ち激《たぎ》つ（落多芸都）　吉野の川の　川の瀬の　清きを見れば……

（万六・九二〇）

この歌は山もざわめくばかりに落ちてわきかえる吉野川の清涼感あふれる情景を詠じたものであるが、ここでサヤニに使用されている「清」の文字に着目したい。ここの「清」字は借訓字であり、言葉としての表向きの意味は「ざわめくばかりに」である。しかし、これは同時に山もざわめく状態を「さわやかな・すがすがしい」風景として受け止めた結果の表記でもあり、それを「清」字の可視的な効果に託したと推測することは、『万葉集』のさまざまな表記の在り方から十分に考えられる。そういう視点から、

笹の葉はみ山もさやに（三山毛清尓）騒けども我は妹思ふ別れ来ぬれば

における「清」字の役割も、笹の葉が山もざわめくばかりに音を立てて入り乱れて動く様子が、さわやかな風景であることを文字の上で明確に打ち出そうとした表記者の意匠であると読み取るならば、この「笹の葉は……」の歌は次に挙げる歌と、構造や発想の点で通底する。

秋の野をにほはす萩《はぎ》は咲けれども見るしるしなし旅にしあれば　（万一五・三六七七）

すなわち、上の句の「秋の野をにほはす萩は咲けれ」と「笹の葉はみ山もさやに騒け」とは、通常どちらも心を和ましてくれるすがすがしい美景である。それをドモで受けることで、心地よい環境の中に置かれているにもかかわらず、「見るしるしなし」や「我は妹思ふ」なのである。本来ならば、「見るしるしあり」や「我は妹思はず（景観を称美できる）」のように、美しい風景の方へと気持ちが自然に引かれるはずなのに、今はそうはならない。何がそうさせているのかというと、それは結句の「旅にしあれば」や「別れ来ぬれば」という作者の置かれている状況説明の内容からわかるように、愛する妻と離れ離れだからである。要するに、望ましい外的環境の下にいるのに、作者にとっては妻のことばかりが思われてならない、どうしても心の晴れない、つらくて仕方のない旅路であるから、その心境を下の句で吐露しているのである。

そして、「我は妹思ふ」の「思ふ」の具体的な内容は、

……玉藻なす　寄り寝し妹《いも》を　露霜の　置きてし来れば　この道の　八十隈《やそくま》ごとに　万度《よろづたび》　かへり見すれど　いや遠《とほ》に　里は離《さか》りぬ　いや高に　山も越え来《き》ぬ　夏草の　思ひしなえて　偲《しの》ふらむ　妹が門《かど》見む　なびけこの山　（万二・一三一）

という長歌の後半部がそれに照応し、置いてきた妻への切ない思いが心全体を占めている。

ところで、ここで確かめておきたいことがある。それは今日のサワグはどちらかと言えば、「やかましい音を立てる」だとか、「多くの人達が不平不満などを訴える」などといった否定的な意味合いが強い（もちろん、「今夜はパーッと騒ごう」のような肯定的なサワグもある）のだが、『万葉集』におけるサワクは、必ずしも好ましくない意味を表す方に偏ってはいなかった。例えば次の、

……渚には　あぢ群《むら》騒き（佐和伎）　島廻《しまみ》には　木末《こぬれ》花咲き　ここばくも　見のさやけきか（見乃佐夜気吉加）……　（万一七・三九九一）

……渚には　葦鴨《あしがも》騒き（佐和伎）　さざれ波　立ちても居《ゐ》ても　漕ぎ巡《めぐ》り　見れども飽かず（美礼登母安可受）……　（万一七・三九九三）

のように、気の晴れるプラスイメージの文脈に使用される一方で、

粟島《あはしま》に漕ぎ渡らむと思へども明石《あかし》の門波《となみ》いまだ騒《さわ》けり（佐和来）　（万七・一二〇七）

防人《さきむり》に発《た》たむ騒《さわ》き（佐和伎）に家の妹《いむ》が業《な》るべきことを言はず来《き》ぬかも　（万二〇・四三六四）

のように、行動を妨害するマイナスイメージの場合にも用いられる。したがって、サワクの意味そのものはニュートラルであり、使われる場面によって肯定的な「快」にも、否定的な「不快」にもなるのである。「笹の葉は……」の場合は先に述べたように、サヤニの「清」という文字の表すプラスのイメージから、「笹の葉はみ山もさやにさわけ」は好ましい風景で解釈しておくのが穏当ということになろう。

結論として、一三三番歌の歌意は、「笹の葉は山もざわめくほど爽快に騒いでいる（美景だ）が、愛する妻と別れて来たので、それを全然楽しめず妻を思ってつらい」となる。

おわりに

本章の結論、サワケドモ説を最初に唱えたのは賀茂真淵『万葉考』であった。しかし、江戸時代には万葉仮名の清濁に関する研究が、あまり進んでいなかったということもあり、サワゲドモと濁音で

訓まれている。『万葉考』以降は、橘(加藤)千蔭『万葉集略解』、井上通泰『万葉集新考』、島木赤彦『万葉集の鑑賞及び其の批評』などに踏襲されているくらいで、今日サワケドモの訓はほとんど支持されていない。支持されない最大の理由は、葉に対してサワクと表現した例が上代の文献に見当たらないからである。確かにそれは、サワケドモ説にとって弱点と言えよう。けれども、『万葉集』に、

玉衣《たまぎぬ》のさゐさゐ(狭藍左謂)しづみ家の妹に物言はず来《き》にて思ひかねつも　(万四・五〇三)

という人麻呂の歌がある。このサヰサヰは衣のすれ合う音を表した擬音語であり、潮騒のサヰと結び付き、サワクのサワとも関係がある――語根は saw- ――と考えられる。また、類歌(これも人麻呂歌集採録歌)の方では、

あり衣《きぬ》のさゑさゑ(佐恵佐恵)しづみ家の妹に物言はず来《き》にて思ひ苦《ぐる》しも　(万一四・三四八一)

のようにサヱサヱとなっている。

サヰサヰシヅミもサヱサヱシヅミも、どちらも旅立ち前のざわめきの中に沈み埋もれる状況を歌っているのであろう。それは「私が防人に出発するあわただしさに埋もれ紛れて、妻がするべき生業《なりわい》を言わずに来てしまった」と歌う次の例から察することができる。

防人《さきむり》に発《た》たむ騒き（佐和伎）に家の妹《いむ》が業《な》るべきことを言はず来《き》ぬかも　（万二〇・四三六四）

したがって、山一面の笹の葉が風に吹かれてすれ合い、音を立てて入り乱れて動く状態をサワクと表現することは、『万葉集』という歌の世界において、まったくあり得ない主語述語の関係であるとは思えない。次に示す『古事記』の歌謡に見えるサワサワニは、大根の葉ずれの音を表している。

つぎねふ　山代女《やましろめ》の　木鍬《こくは》持ち　打ちし大根《おほね》　さわさわに（佐和佐和邇）……　（記・歌謡六三）

なお、時代は下るものの、「楢《なら》の葉さわぐ」と歌う『夫木和歌抄』（一三一〇年頃成立）の例はサワケドモ説にとって心強い。

深山辺《みやまべ》の楢《なら》の葉さわぐ初時雨《はつしぐれ》いくむら過ぎぬ明け方の空　（夫木・六四〇一）

以上考察の結果、語法・文字・意味のそれぞれの面から客観的に判定していくと、問題の「乱友」はサワケドモで訓むのが最善である、と結論づけられる。奈良時代の和歌の語法に反して「乱友」の「友」の文字をトモと訓んだり、サヤニサヤグという例の見えない重複表現を承認することの方が、はるかに無理があると筆者は考える。

それから、よく歌を鑑賞する時に、「ササノハハミヤマモサヤニミダルトモ」のサとミの音が交互に響き合うのがよいのだとか、または「ササノハハミヤマモサヤニサヤゲドモ」のサの音の繰り返しが美しいのだとか、そういう理由でもって、それらの訓に魅力を感じると主張する向きもあるようだが、しかし、そのような見方は訓みを決定する際には、それほどの根拠にはなり得ないと思われる。なぜならば、それはあくまでも訓んだ結果の主観的な印象に過ぎないからである。

言うまでもないが、文献資料に例のあるものは証拠として示すことができる。けれども逆に、その時代に本当に実例（ある言い方）が存在しなかったということを証明することは、ほとんど不可能に近い。結局我々は与えられた条件（限りある文献資料）の下で、どちらの蓋然性がより高いか低いかを確認しながら、決定していく以外に方法はないのである。

先行研究との関係

最後に、本章を執筆する際に参考とした研究書・論文を刊行・発表された順に列挙した上で、本章と先行研究との関係について、明らかにしておく。なお、本章の内容を公表した最初は、一九八五年一〇月一二日に宮城学院女子大学で開催された秋季国語学会の研究発表の時で、題目は「「小竹《ささ》之《の》葉《は》者《は》三《み》山《やま》毛《も》清《さや》尒《に》乱友」（万葉集一三三番）の訓と釈について」であった。

(1)北島葭江「「さやにさやぐ」に就いて」(『文学』三巻二号、一九三五年二月)
(2)澤瀉久孝『万葉古径』(弘文堂書房、一九四一年)所収「み山もさやにさやげども」
(3)江湖山恒明「「乱友」の訓み方に就いて」(『国語と国文学』二一巻八号、一九四四年八月)
(4)大野晋「柿本人麻呂訓詁断片(四)」(『国語と国文学』二六巻一〇号、一九四九年一〇月)
(5)亀井孝「柿本人麻呂訓詁異見」(『国語と国文学』二七巻三号、一九五〇年三月)
(6)山崎良幸「「ささの葉はみ山もさやに」の歌について」(『解釈』一五巻七号、一九六九年七月)
(7)佐竹昭広『万葉集抜書』(岩波書店、一九八〇年)所収「訓詁の学」
(8)塩谷香織「ささの葉はみ山もさやに乱るとも」(『万葉集研究』第一二集、一九八四年四月)
(9)尾崎暢殃「み山もさやに」(『国学院雑誌』八五巻一〇号、一九八四年一〇月)
(10)鉄野昌弘「人麻呂における聴覚と視覚」(『万葉集研究』第一七集、一九八九年一一月)
(11)駒木敏「小竹《ささ》の葉のさやぎ——『万葉集』巻二・一三三番歌解——」(『同志社国文学』三八号、一九九三年三月)
(12)山口佳紀「万葉集における動詞基本形の用法」(『万葉集研究』第二一集、一九九七年三月)
(13)塩沢一平「「小竹の葉はみ山もさやにさやぐとも」」(『上代文学』七八号、一九九七年四月)
(14)池上啓「『万葉集』一三三番歌の構造に関する一考察」(『作新女子短期大学紀要』二一号、一九九七年一二月)
(15)工藤力男「人麻呂の文字法——みやまもさやにまがへども——」(『文学・季刊』一〇巻四号、一九

九九年秋）

⒃佐佐木隆『上代語の表現と構文』（笠間書院、二〇〇〇年）所収「み山も清にさやげども…」

論考⑹は、接続助詞のトモとドモがいかなる語と応じているかを調査した上で、「乱友」の「友」字はドモと訓むべきことを簡潔に指摘している。本章では、それを徹底的に再確認するとともに、歌の構造面からもドモと訓む結論に達した。

論考⑵は、「松浦舟《マツラブネ》　乱《サワク》　穿江之《ホリエノ》　水尾早《ミヲハヤミ》」（万一二・三一七三）の「乱」字をサワクと訓み得ることを入念に論証している。

論考⑷は、「み山もさやに」のサヤが動詞サヤグの語幹部分に当たるところから、サヤニサヤグでは重複表現になってしまうために表現として意味をなさなくなる、という見解を示した。本章では、サヤニサヤグ式の重複表現が回避された『新古今和歌集』の例を分析した上で、サヤゲドモ説は成立し難いとの判断を下した。

論考⑸は、契沖や岸本由豆流のマガヘドモ説を支持し、視覚的な印象を歌ったものという立場からの鑑賞を試みる。論考⒂は、人麻呂の文字法という視座からマガヘドモの訓を妥当とし、次のように解釈する。

笹の葉は、山中を澄んで明るい感じで満たして激しく交叉するが、わたしは妻を思っている。別れて来たばかりなので。

本章では、『万葉集』で「乱」字をマガフと訓むことに関しては問題なしと認めた上で、「笹の葉は……」の場合には、マガフは文脈上ふさわしくないことをもって否定した。

論考(1)と(7)は、どちらもサヤゲドモと訓んで、「笹の葉は……」の上の句を晴れた日の明るいさわやかな風景と見て解釈している。しかし、それとは逆に論考(9)は、「旅人の夜の歌」と解する『山本健吉全集・第二巻』(三〇〇頁)の鑑賞文に示唆を受けて、独自に論を展開している。本章では、風に吹かれる笹の葉のさやさやという葉ずれの音を表記した「清」字に注目し、それを重視することで、すがすがしい風景である可能性が大きいと論じた。これはサヤゲドモと訓む近年のテキスト間にも見られる解釈上の相違点であり、例えば、一九九四年五月に刊行された新編日本古典文学全集『万葉集』(小学館)の頭注を見ると、左記のように上三句を「無気味な山中の感じを表す」とし、下二句を「にもかかわらず一心不乱に妻を思う故にぜんぜん不安を覚えない」と解釈している。

み山もさやに—サヤニは、はっきりと、目にも鮮やかに、の意。ここは山道の笹原の風に吹かれて発する葉ずれの音、さやさや、をも写している。〇さやげども—サヤグはソヨグと同じく顫動《せんどう》する意。ここは全山を蔽う笹の葉が乱れて鳴り響き、無気味な山中の感じを表す。しかし、逆接の「ども」がついて、それにもかかわらず一心不乱に妻を思う故にぜんぜん不安を覚えない。↓

一二三八（阿渡白波は騒けども）。

それに対して、一九九九年五月刊行の新日本古典文学大系『万葉集』（岩波書店）の脚注を見ると、こちらは「晴れやかな外界の明るさと、晴れやらぬ内界の暗さの対照」という、正反対の読み取りをしている。

上三句に外界の明るさを描写し、接続助詞「ども」で反転して下二句に作者の内界の暗さを述べた。晴れやかな外界の明るさと、晴れやらぬ内界の暗さの対照は、「朝日照る島の御門におほほしく（鬱悒）人音もせねばまうら悲しも」（一八九）の上二句と下三句との関係にも似ている。「さやに」は「さやさやと」という竹葉のそよぐ擬音。この音の印象から派生する「清く明るい」共感覚的視覚印象を、原文では「清」の文字をもって記してある。「さやげども」の原文「乱友」は、「まがへども」「みだるとも」「みだれども」と訓む説、その他異説が多い。新古今集・羇旅に、「ささの葉はみ山もそよに乱るなり我は妹おもふ別れきぬれば」という形で載る。

一方、サヤゲドモと訓じる論考(16)は、作者の心情的な背景を、

……普段は「清に」と形容される、人々に爽快感をあたえるはずの「小竹の葉」ではあるが、そ

れもいまの作者にとってはそのような感覚をさそうものではないから「吾は妹を思ふ」のである。通常ならば讃美の対象となるべき「黄葉の散りの乱ひ」と「小竹の葉のさやぎ」とを、「この山」に属するこのましくないものとして表現することによって、別離の悲哀と「妹」に対する執心とを表現したのだとみられる。「小竹の葉はみ山も清にさやげども—吾は妹を思ふ」の「ども」は、そういう心情的な背景からうまれた表現なのであろう。

と推量した上で、次のように述べる。

「小竹の葉はみ山も清にさやぐ」という現象を当時の人々がこころよいものととらえていたかららこともそういうニュアンスをふくむと解すべきだという説も、当時これを不気味な現象ととらえていたからここもその線で解すべきだという説も、また「さやぐ」と「思ふ」とを明・暗の対比としてもちだしたのだとみる説も、みな見当ちがいであろう。

筆者はサワケドモ説を支持するが、すでに本章の「八」で述べたように上三句をさわやかな風景と捉え、そのような環境下にいるのにそれを楽しめず、下二句でどうしても別れて来た妻のことばかりが思われる、という解釈である。

論考(3)は、陽性母音（a・u・o）と中性母音（i）と陰性母音（e）の各母音がいかに選択されるのかという観点（一首のもつ声調）から、サヤゲドモ説を是とする結論に至るが、こういった議論は多くの場合恣意的なものに陥りやすく、言語学的には「乱友」の訓を決定する場合に特別有効でないと考えられる。ただし、歌の鑑賞を行う時の一つの視点となることまでは、もちろん否定しない。

論考(8)は、「乱」字がサヤグで訓み得ないという結論を導き出した上で、最終的にミダルトモ説を支持するが、その際、トモを通説の「逆接仮定条件」とするのは適当でないと言う。結論としてトモの上は他の状況と言い換えても本質的には一向に差し支えなく、一首の本質はトモの下にあると考え、トモを「強調比喩表現」の助詞と定義する。その上で、一首全体を次のように口語訳する。

小竹の葉は全山サヤサヤと音がするほどに乱れることがあろうと（そのように他の全てのものが心乱れることがあろうと）、この私は一心不乱に妹を思う、別れて来てしまったのだから。

しかし、「我は妹思ふ」を「一心不乱に妻を思う」と解釈するのは理解に苦しむ。なぜなら、愛する妻と別れて来たのであるから、作者の心は乱れに乱れているはずで、つまり、どんな状況や環境にあっても、妻のことを思わずにはいられない精神状態にほかならないからである。それを意識的に、ただ一筋に、ひたすら乱れずに妻を思うというようなことがあり得るのだろうか。むしろ妻のことを忘れたい、しかし実際には忘れられない、どうしても頭から消えない、つらくて仕方がない、というのが作者の気持ちで、それを妻のことを思い続けなくてはならないと無理に頑張っているかのように解釈するのでは、不自然と言わざるを得ないであろう。作者は妻と別れて来たので、妻のことばかり思っている（どうしても思われる）苦しい暗澹《あんたん》とした気持ちであって、それをいかなる（他の全てのものが心乱れる）ことがあろうとも（乱れずに）妻のことを思うのだ、というのでは歌の命が台無しになってしまうのではないか。

論考⑽は、「笹の葉は……」の歌を軸に、人麻呂における聴覚と視覚の表現をめぐって詳細に考察したもので、結論は論考⑻の「強調比喩表現」を認めるミダルトモである。本章では、トモとドモが『万葉集』でどういった語と呼応しているのか、という形式面からトモを否定し、ドモと訓じるべきだという結論に達した。

論考⑾は、サヤゲドモ説を支持する理由として、「笹の葉がサヤニサヤグ景とは、心を浮き立たせ、弾ませ、生命の躍動を促すような、肯定的感覚を誘発するそれであったとすべきであろう。明澄・清爽な語感がそこには認められる」と述べ、ミダルトモ説には否定的な見方をする。中でも、論考⑻の解釈に対して、「ミダルによって引き出されるのは「恋による心のミダレ・思いのミダレ」であるはずなのに、別れ来て妻を「思ふ」主体に「思いのミダレ」はないのだろうか」と疑問を投げかける点は、筆者も同感である。

論考⑿は、『万葉集』に見られる動詞の〈基本形〉（動詞に助動詞の付かない形）の用法をテンスの観点から論じたものだが、「未来を表すと認めてよい用例は極めて稀であり、それには特殊な事情が考えられるのではないかという結論に至った」と言う。本章では、そういう研究成果を踏まえて、

「我は妹思ふ」も未来についての表現ではなく、現在の状況を歌っていると判断した。

論考⒀と⒁は、共に前件と後件の意味的関係をととのえようとするもの。⒀はサヤグトモと訓んで、

笹の葉は、全山にわたって清かに葉擦れの音を立てながら妹が自らのもとから永遠に失われて行こうとしていることを告げていても、我は妹を思うことによってその妹を我が前に引き寄せる。既に別れてきてしまったので。

と解釈できるのではないだろうか、と結ぶ。また、⒁はサヤゲドモの訓みで、「小竹の葉がさやぐ」を夜の形容と見なして、「眠れない」が省略されたと考え、

夜だけれども眠れない。そこで、妹の体の温もりがないその寒さに改めて妹を思う。別れ来ぬれば。

という解釈である。しかし、どちらの解釈も、省略された語が果たして必然的に補い得るのか、甚だ疑わしい。論考⒃は⒁の省略説に検討を加え、無理な考えであると断定している。

なお、論考⒀は、「人《ヒト》者《ハ》縦《ヨシ》　念息《オモヒヤム》登母《トモ》　玉縵《タマカヅラ》　影《カゲ》尓《ニ》所見《ミエ》乍《ツツ》　不所忘《ワスラエヌ》鴨《カモ》」（万二・一四九）の歌を取り上げ、これはトモが現在の事柄を表す語と呼応している例と考えて、トモの下に「我は妹思ふ別れ来

ぬれば」が来ても差し支えないと判断する。しかし、日本古典文学全集『万葉集』は、この一四九番歌の頭注で、

思ひやむとも―思ヒヤムは思うことをやめるの意を主語述語の関係で表わしたもの。トモは逆接仮定条件で、普通は推量や意志・命令などで応じるが、ここは、「忘らえぬかも」という断定的表現と応じている。おそらくヨシとの呼応のため下へ続く力が弱まったのであろう。

と説明している。新編の日本古典文学全集『万葉集』の方でも、「トモは仮定の逆接条件を表すが、ここは事実不定的に用いた」と説く。

筆者は、「人はたとえお慕いすることをやめようとも私には面影がちらついて忘れられないだろうなぁ」と将来に向けての表現として解する余地はないかと考える。現代語の「私はウソはつかない」という否定表現の場合、過去（私はウソはつかなかった）・現在（私はウソはついていない）・未来（私はウソはつかないだろう）のどの時点のことを言っているのかは、文脈によって決まるのであり、三通りの解釈が可能である。これは本章の「三」で検討した形容詞のテンスのケースと同様で、トモとドモの両方と呼応し得るのであろう。

繰り返しになるが、『万葉集』ではトモとドモが呼応する語には、それぞれ顕著な差が認められる。その截然と分かれている構文的・語法的事実を正面からきちんと否定することなく、ごく少数の例外

と思われる不確実な用例を根拠にして、そこから拡大解釈を行うことの危うさに対する認識を持つことが大切である。「修辞的仮定法および強調比喩表現」については、語学的事実と比喩的表現の関係を区別・整理して考えなければならない。

ところで、「笹の葉は……」の歌は、石見相聞歌の第一群（一三一・一三二・一三三番歌）と第二群（一三五・一三六・一三七番歌）の結び目に位置するという指摘があるところから、これら一連の歌群の構造の中に正しく位置付けた上で解釈を行うべきだという意見も当然出てくると思われるが、その点について今は問わず、今後の課題としたい。

この歌に関する論考は非常に多い。次なる論が必ずや提出されるはずである。

第四章　一四五番歌の訓解

はじめに

鳥翔成　有我欲比管《アリガヨヒツツ》　見良目杼母《ミラメドモ》　人社不知《ヒトコソシラネ》　松者知良武《マツハシルラム》　（万二・一四五）

この歌は、謀反を起こしたという理由から一九歳という若さで絞首刑にされた有間皇子の挽歌群に採録されている山上憶良の一首であるが、その初句「鳥翔成」は難訓箇所で現在まで定訓を見ない。最初に、今までに提出された諸訓を一覧してみる。

(1)トリハナル↓「鳥翔成有」までを初句と考えて、「我欲比管」をワガオモヒツツと訓読する『元暦校本』・『類聚古集』など

「鳥翔成」を初句と見て訓む『紀州本』

(2)トリハナス↓『西本願寺本』・『万葉代匠記』

(3)アスカナシ↓『万葉集童蒙抄』

(4)ツバサナス↓『万葉考』・『万葉集総釈』・日本古典文学全集『万葉集』など

(5)カケルナス↓『万葉集攷証』・『万葉集講義』・『万葉集全注釈(増訂)』など

(6)トトビナス↓『万葉集新考』

(7)アマガケリ↓佐伯梅友「鳥翔成」(『短歌研究』一二巻一〇号、一九四三年一〇月)・『万葉集注釈』・新潮日本古典集成『万葉集』など

(8)トガケナス↓菊沢季生「万葉集巻二(一四五番)「鳥翔成」の訓み方について」(『菊沢季生国語学論集・第三巻』教育出版センター、一九八九年)(初出は『宮城学院国文学会』会誌一五号、一九五七年一一月)

(9)トリガヨヒ↓阪口保「『鳥翔成』の一試訓」(『万葉林散策』創元社、一九六〇年)

(10)トブトリナス↓『万葉集全注釈(旧版)』

(11)トブトリノ↓久松潜一「鳥翔成について」(『万葉集と上代文学』笠間書院、一九七三年の第一案)

(12)トリカケリ↓久松潜一「鳥翔成について」(『万葉集と上代文学』笠間書院、一九七三年の第二案)

(13)トリトナリ↓大久保廣行「初期憶良の方法——「鳥翔成」の訓をめぐって——」(『国文学・言語と文芸』八一号、一九七五年一一月)(大久保廣行『筑紫文学圏論　山上憶良』(笠間書院、一九九七年)に収録された)

⒁トリトブモ↓田中一光「万葉集巻二、一四五歌「鳥翔成」試訓」(『解釈・特集 万葉集』三六巻六号、一九九〇年六月)
⒂ツバメナス↓森重敏『万葉集栞抄』(和泉書院、一九九二年)
⒃トリカヨヒ↓永井津記夫『万葉難訓歌の解読』(和泉選書、一九九二年)

これら⑴〜⒃のうち、どの訓が最も適切なのか、以下考察する。なお、中には、日本古典文学大系『万葉集』(岩波書店)のように、「鳥翔成」の訓みを保留しているものもある。

一　諸訓の検討

ここでは現在有力視されている⑷ツバサナスと⑺アマガケリ、それに筆者が支持する⒀トリトナリを除く一三の説に検討を加え、各説の問題点を指摘する。

⑴トリハナルと⑵トリハナスは、「鳥翔」を「鳥の羽」の意に解して、トリハと訓むものだが、「翔」字をハ(羽)と訓じた例はどこにも見出せない。『万葉集』で「翔」字は次のように動詞のトブやカケルに当てられる文字(左記の例は注釈書間で訓みに違いの見られないもの)である。

……天飛《あまと》ぶや(天翔哉)　軽《かる》の道《みち》より……　(万四・五四三)

……妹《いも》が島形見《かたみ》の浦に鶴翔《たづかけ》る見ゆ（鶴翔所見）　（万七・一一九九）

また、「翔」字を平安末期の漢和辞書『類聚名義抄』で調べると、アガル・アフグ・カケル・トブ・フルマフといった動詞の訓が並んでいる。

こうした事実から、「翔」字を名詞のハ（羽）で訓むことには無理があるだろう。ただし、例外的に古写本の『古葉略類聚鈔』だけは、他の古写本の「鳥翔」とは違って、「鳥羽」と書かれている。この表記ならば、トリハの訓みも可能となりそうだが、トリハ（鳥羽）という複合語は文献の上で見当たらないので、やはり苦しい。おそらく、『古葉略類聚鈔』の本文は旧訓のトリハに合わせて、「鳥翔」とあったのを「鳥羽」に改竄《かいざん》したものと推察される。

以上から、「成」字をナルやナスで訓む点は問題ないが、「鳥翔」をトリハと訓じるのは極めて困難であると言える。もっとも、トリハナスアリガヨヒツツと訓んだところで、意味は「鳥の羽のように常に通う」となるから、比喩としても適当でない。

(3)アスカナシは、「鳥翔」を「鳥飛」と等価の表記と見なし、さらに、その「鳥飛」の「鳥」と「飛」の字を転倒させた「飛鳥」と「鳥翔」を同じものと見て、アスカと訓ませる考えである。この考え方のうち、「鳥翔」＝「鳥飛」は理解できるものの、「鳥飛」を転倒させて「飛鳥」にしてアスカと訓ませるのは、あまりに恣意的な操作で従えない。それに、『万葉集』の中でアスカを「飛鳥」と書いた例は見えるが、「翔鳥」と書いた例は皆無である。したがって、「鳥翔」をアスカと訓ませるのは表記と訓みの間に相当な開きがあると言わざるを得ない。それよりも以前に、アスカは地名だからアスカナシアリガヨヒツツでは、「明日香のように常に通う」となり、意味をなさない。

(5)カケルナスは、仮に「翔成」の二文字であったならば、訓み方としては特に問題ない。しかし、「鳥翔成」をカケルナスと訓む場合は、「鳥」字の存在を無視した（訓まなかった）点について、納得のいく説明が与えられない。なぜなら、「鳥」字を単に添えただけで、これを訓まない例は、『万葉集』に見出せないからである。

(6)トトビナスは、「鳥翔」をトトビと訓むのだが、「鳥」の意味で〈ト（鳥）……〉と複合語を作る場合は、トガリ（鳥猟）・トグラ（鳥座）・トナミ（鳥網）などに限られるし、「鳥が翔ぶ」をトトビと表現した例も無く、ある程度文字に即して訓んではいるものの、その可能性は非常に小さい。

それに、「……のように」の意味を表す比況表現の〈……ナス〉の上には、体言の来る例が圧倒的多数を占める。以下、ナスに上接する語が体言の例を示そう。

……朝日《あさひ》なす（朝日奈須）　まぐはしも……　（万一三・三二三四）
あしびなす（安志妣成）栄《さか》えし君が……　（万七・一一二八）
……一に云ふ　霰《あられ》なす（霰成）　そちより来《く》れば……　（万二・一九九〔一云〕）
……巌《いはほ》なす（巌成）常磐《ときは》にいませ……　（万六・九八八）
……入日《いりひ》なす（入日成）　隠《かく》りにしかば……　（万三・四六六）

……鶉《うづら》なす（鶉成）い這《は》ひもとほり……　（万三・二三九）

……績麻《うみを》なす（続麻成）長柄《ながら》の宮に……　（万六・九二八）

……鏡《かがみ》なす（鏡成）我が思ふ妹も……　（万一三・三二六三）

垣穂《かきほ》なす（垣穂成）人言《ひとごと》聞きて……　（万四・七一三）

……雲居《くもゐ》なす（雲居奈須）遠くも我《われ》は……　（万三・二四八）

……こつみなす（木積成）心は寄りぬ……　（万一一・二七二四）

……五月蝿《さばへ》なす（五月蝿成）騒《さわ》く舎人《とねり》は……　（万三・四七八）

……玉藻《たまも》なす（玉藻成）浮かべ流せれ……　（万一・五〇）

常磐《ときは》なす（常磐成）岩屋は今も……　（万三・三〇八）

……泣く子なす（泣子那須）慕《した》ひ来《き》まして……　（万五・七九四）

……錦《にしき》なす（錦成）花咲きををり……　（万六・一〇五三）

……一に云ふ　丹《に》のほなす（尓能保奈須）面《おもて》の上《うへ》に……　（万五・八〇四［一云］）

……引《ひ》き帯《おび》なす（引帯成）韓帯《からおび》に取らせ……　（万一六・三七九一）

……蛍《ほたる》なす（蛍成）ほのかに聞きて……　（万一三・三三四四）

……ま玉《たま》なす（麻多麻奈須）二つの石を……　（万五・八一三）

……砂《まなご》なす（麻奈胡奈須）児《こ》らはかなしく……　（万一四・三三七二）

……水鴨《みかも》なす（水鴨成）二人《ふたり》並び居《ゐ》……　（万三・四六六）

水泡《みつぼ》なす（美都煩奈須）　仮《か》れる身そとは……（万二〇・四四七〇）
……湊《みなと》なす（水門成）　海も広し……（万一三・三二三四）
水沫《みなわ》なす（水沫奈須）　もろき命も……（万五・九〇二）
……百重《ももへ》なす（百重成）心は思へど……（万四・四九六）
……闇夜《やみよ》なす（闇夜成）　思ひ迷《まと》はひ……（万九・一八〇四）
……夕日《ゆふひ》なす（暮日奈須）　うらぐはしも……（万一三・三二三四）

一方、体言以外に動詞の来る例も少数だが見える。

……衣《きぬ》に付くなす（衣尓著成）目に付く我が背《せ》……（万一・一九）
……こつの寄《よ》すなす（木都能余須奈須）　いとのきて……（万一四・三五四八）

ただし、この場合、ナスの上は終止形ないし連体形であって、連用形ではない。その点からしてもトトビナス（鳥飛びなす）の訓は認め難い。

(8)トガケナスについては、『菊沢季生国語学論集・第三巻』（一六一頁）に、

カケルの語は、合成語にあつては、トホガケ、ハヤガケ、サキガケの様にルを略く事が多い。も

つとも、この場合は、獣の「駈」の場合であるけれども鳥のカケル（翔）場合においても、さほど不自然とは思われない、（ママ）トガケは、鳥が翔ける事と言う意味の動詞性を持ちながら、連用形で体言化したものである。即ち、トガケナスとは、下の句に続けると、鳥が翔ける様に、霊が天翔り、通い通いしてという意味になる。

という説明が見える。しかし、(6)トトビナスのところで述べたように、「鳥」の意味で〈ト（鳥）……〉と複合語を作る場合にはトガリ（鳥猟）・トグラ（鳥座）・トナミ（鳥網）などに限られ、「鳥が翔る」のをトガケと表現した例は見出せない。よって、トガケナスの訓は無理であろう。

(9)トリガヨヒは、「翔成」をカヨヒと訓ませるその理由がよくわからないことと、トリガヨヒアリガヨヒツツでは重言的表現になってしまうことの二点から、採用しかねる。

(10)トブトリナスは、句中に単独母音（アイウオ）を含まず、字余りの条件を満たさないので無理がある。それにトブトリならば、「翔鳥」と書かれるのが『万葉集』における表記の一般的な在り方で、それは「飛鳥母《トブトリモ》」（万三・三一九）の例が参考になる。どうして、トブトリを「鳥翔」と書かねばならなかったのか、理解できない。

(11)トブトリノは、仮に「翔鳥乃」とでも表記されているならば、「飛鳥乃《トブトリノ》」（万六・九七一）などの例が存するので、可能性のある訓になると思う。けれども、実際は「鳥翔成」表記であるから、(10)トブトリナスを否定したのと同様の理由で認められない。さらに、「成」字を「……のように」の意味を表す助詞ノに当てた例が、『万葉集』に皆無である点からも、トブトリノの訓には従えない。

⑿トリカケリは、「鳥翔」の二文字ならばよいが、「鳥翔成」と書かれてある以上、「成」字の存在理由を明確に説明する必要がある。

⒁トリトブモは、「鳥翔」をトリトブと訓むことについては問題ない。しかし、「成」字を助詞モで訓ませるのは問題があると思う。⒁の田中論文は、「成」字をモと訓み得る根拠として、モリを「成」字で表記した次の例を挙げる。

冬ごもり（冬木成）　春さり来れば……　（万一・一六）

……百《もも》木《き》茂《も》り（百樹成）　山は木高《こだか》し……　（万六・一〇五三）

右の「成」字がモリと訓まれるのは、「盛」字との通用からである。トリトブモ説は、このモリ（成）のリを略してモで訓むのだが、なぜ助詞モを表記するのに『万葉集』で一般的な「母」や「毛」という文字を使用せずに、「鳥翔成」の場合に限ってわざわざ「成」字を用いたのか、そこの説明に窮する。

ちなみに次の例などは、「毛欲成」全体で願望の意を表す終助詞モガモに当てた特別なものであるから、「成」字を単独の文字としてモと訓んだ例証としては扱えない。

……み空行く　雲にもがも（雲尓毛欲成）　高飛ぶ　鳥にもがも（鳥尓毛欲成）……

（万四・五三四）

田中論文はトリトブモと訓み、一首全体を次のように口語訳する。

有間皇子の御魂を含む鳥達が飛んだとしても、有間皇子の御魂が消えることなく通いながら結び松を見ているとしても、人は知ることがないだろう。しかしこの松だけは皇子が結び松までしたので知っておりましょう。

この解釈では、初句と第二句以下の主語と述語の関係が不明瞭であるし、トリトブモの句だけで、複数の鳥が通うその中に有間皇子の御魂が含まれているという内容を表現できるとは到底思えない。よって、トリトブモ説には首肯しかねる。

⒂ツバメナスは、「鳥翔」をツバメ（燕）と訓じるのであるが、文字と単語の間に距離があり過ぎ、説得力に欠ける。

⒃トリカヨヒは、⑼トリガヨヒをしりぞけたのと同じ理由でもって受け入れられない。カヨフは、『万葉集』では、

……言《こと》の通《かよ》ひに（事之通尓）なにかそこ故《ゆゑ》　（万一一・二五二四）
夕星《ゆふつづ》も通《かよ》ふ天道《あまぢ》を（往来天道）……　（万一一・二〇一〇）

のように、訓文字で表記される時には「通」か「往来」のいずれかである。それなのに、なぜ一四五番歌に限って、カヨフを「翔成」と表記せねばならなかったのか、不可解である。

以上、(4)ツバサナス・(7)アマガケリ・(13)トリトナリを除く、一三の訓み方について検討を加えた。その結果、それぞれに難点のあることが判明した。

二　ツバサナス説とアマガケリ説

「鳥翔成」の訓義に関しては、稲岡耕二『万葉集全注』（有斐閣）が当該歌の【注】で要点をうまく押さえながら、諸説の紹介を行い、簡潔にコメントを付けている。本章の「一」で述べた内容と補完的な役割を果たすという意味もあるので、少々長くなるが全文を引用してみる。

○翼なす　原文「鳥翔成」で難訓。旧訓トリハナスであったのを、真淵の考に「羽して飛ものをつばさといふ、成は如也。今本とりはと訓しはわろし、とりはてふ言はなき也」として、ツバサナスの新訓を提出した。略解にこれを継承し、翔は翅の誤字かとも言う。攷証には、これに対してカケルナスと訓むことを記し、新考にはトトビナスの訓も見える。佐伯梅友「鳥翔成」（短歌研究昭和十八年十月）には、鶏鳴《あかとき》（一〇五）・馬酔木《あしび》（一六六）・相競《あらそふ》（一九九）・浦不楽《うらさび》（二一〇）・不《さぶ》怜《し》（二一八）・得物矢《さつや》（二三〇）・五十戸良《さとをさ》（5・八九二）・五月蝿《さばへ》（5・八九七）などと同様の義訓として扱っており、アマガケリという新訓を示している。難訓の個所の一つで、戦後の諸注でも定訓はまだ得られていない。澤瀉注釈には「ツバサナスでは翼の形を云つてるやうで言葉が足りない。カケルナスでも鳥の文字が生きなくて、拙劣な句となる」と評した上で、佐伯説のアマガケリを採用。窪田評釈にも「神霊の行動を叙する語としては、最も妥当なものであり、現に憶良の巻五（八九四）にも用いている例がある」と、アマガケリを採る。そのほか古典集成・講談社文庫なども、とくに理由を記してはいないが、この訓によっている。一方、佐佐木評釈・古典全集にはツバサナスと訓み、とくに後者には高知県長岡郡国府村（南国市）の方言に、鳥類を意味するトリツバサという語のあること、嬰児が死んだらトリツバサになると言われているという注記（土佐民俗叢書一）を付す。今までに示された訓の中では、アマガケリとツバサナスの二訓が注目されるだろう。原文に「鳥翔成」とあって同種の例は「入日成」「鶉成」のように「〜ナス」と訓まれるのが一般である。山田講義に、「翔」は動詞をあらわす文字で名詞を表わす文字でないこと、下のアリガヨフに対してツバサはしっくりしないこと、鳥のことをツバサと言った例も、魚のことをヒレと言ったような例も存しないことなどを挙げて、ツバサナスとは訓みえないだろうと推定しているのは、詳細な考察でもっともだと思われるが、なお、ツバサナスの訓を完全に否定することにはならないようだ。まして古典全集の頭注に見られるようにツバサで鳥類を意味する場合があるとすれば講義の説の迫力はかなり弱められるに違いない。佐伯説のアマガケリは、魅力的な訓である。憶良の好去好来歌（5・八九四）に「天地の　大御神たち　大和の　大国御霊　久方の　天のみ空ゆ　阿麻賀氣利　見渡し給ひ」と歌われているし、続日本紀神護景雲三年十月詔に「…朕必天翔給天見行之退給比…」ともあって、神霊や人の魂について用いられているので、有間皇子の場合にもふさわしいように思われる。しかし、佐伯説のようにアマガケリと訓むべきものとすれば、なぜ憶良は続紀宣命のように「天翔」とするか、八九四歌のように仮名書きにしなかったのだろう。「鳥翔成」を義訓としても、アマガケリと訓ませるのはかなり無理を伴うように思う。佐伯説にあげられている鶏鳴・馬酔木・不玲・五月蝿などの義訓の例は正訓字表記の困難なものであると考えられるのに、アマガケリの場合はアマ（天）にしろカケリ（翔）にしろ容易に正訓字の表記を想起させることばであって、とくに義訓として「鳥翔成」と記さねばならない理由を見出しがたいのである。旧訓以来「〜ナス」と訓まれることが多かったのも、理由のあることと思われる。トトビナスとか、カケルナスとかは、句として拙劣に過ぎるだろうが、ツバサナスならばアマガケリに対して、音調の上からも遜色はあるまい。「〜ナス」と訓むのが穏やかなことと、「翔」は、あるいは「翅」の誤字かも知れないことを併せて、いちおうツバサナスにより、後考を俟ちたい。

（傍線引用者）

右の最終部分で、「いちおうツバサナスにより、後考を俟ちたい」と締めくくるが、途中では「今までに示された訓の中では、アマガケリとツバサナスの二訓が注目されるだろう」（傍線部）と述べている。ここでは有力視されている(4)ツバサナスと(7)アマガケリの二訓が成立するかどうかを考える。

まずは、(4)ツバサナスの方から検討しよう。例えば、新編日本古典文学全集『万葉集』（小学館）は、頭注で次のように説明する。

翼なす―原文には「鳥翔成」とあり、旧訓トリハナスであったが、『万葉考』がツバサナスと読みはじめた。その他数種の訓が試みられたが、三字を義訓と解し、アマカケリ《(ママ)》と読む説がこれについで有力である。今は仮に『万葉考』の説による。死んだ有間皇子の霊魂が鳥の飛びかけるように空中を飛行していると想像していう。

また、同じツバサナスの訓を採用する新日本古典文学大系『万葉集』（岩波書店）の脚注における解説も見よう。

……「鳥翔」は、意味を取ってツバサと訓むのが最も穏当であろう。その「つばさ」は、鳥の総称か。方言に、鳥類を「とりつばさ」という（土佐民俗叢書一『明治大正時代国府村民俗語彙』、『日本方言大辞典』）。

けれども、「鳥翔」をツバサと訓じるのは、以下に述べる理由から問題があると思う。『万葉集』にツバサの例は、

天飛《あまと》ぶや雁《かり》の翼《つばさ》の（鴈之翅乃）覆《おほ》ひ羽《ば》の……（万一〇・二二三八）
葦辺《あしへ》行く雁《かり》の翼《つばさ》を（鴈之翅乎）見るごとに……（万一三・三三四五）

の二例があり、「翅」字ならばツバサと訓める。しかし、「翔」字の場合は、すでに「一」で指摘したとおり、動詞のカケルやトブなどを表す文字であって、これを名詞のツバサで訓むのは無理がある。また、「鳥翔（鳥が翔る）」の表記からツバサ（翼）を連想するという考え方にも、やや飛躍があるだろう。

そこで、『万葉集古義』などのように、「翔」字を「翅」字の誤りと見て、「鳥翅」（鳥の翼）でツバサと訓む考えも現れたが、そもそもツバサナスアリガヨヒツツでは比喩として成り立たないのではないか。なぜかというと、「翼のように常に通う」を比喩とする見方には、どうしても違和感を持たざるを得ないからである。ツバサは飛行する際に必要なもの（部分の名称）であり、その「翼」を「通う」と関連づけるのは、いくら和歌の世界の表現だからとは言え、溝は大き過ぎると思う。例えば「鳥が翔ぶように（飛行して）常に通う」であるならば、比喩として理解できるのだが、「翼のように

常に通う」では腑に落ちない。

次に、(7)アマガケリを検討する。アマガケリはツバサナスと相並び、有力視されている魅力的な訓の一つである。それは山上憶良の長歌「好去好来歌」の中で、

……ひさかたの　天《あま》のみ空ゆ　天翔《あまがけ》り（阿麻賀気利）見渡したまひ……

（万五・八九四）

のように、天空を霊魂が飛行するさまを「天翔り」と歌っているからで、そこから同じ憶良の「鳥翔成」もアマガケリと訓み得ると考えたのである。

しかし、なぜアマガケリを「鳥翔成」と表記したのだろうか。これは当然出てくる素朴な疑問と言えよう。「鳥」字はアマとは訓めないし、「成」字も不要な文字となるところから、やはりアマガケリは相当に強引な訓じ方だと言わざるを得ない。もし、アマガケリを正訓字でもって表記するならば、「天翔」が自然ということになる。

要するに、このアマガケリは八九四番歌の例があって初めて導き出された訓だと言っても過言ではない。もしそれがなかったならば、まず思い付かない訓みだと思う。

このように有力とされる二つの訓にも、決して小さくない難点が存するのである。

三　トリトナリ説

最後に残された(13)トリトナリが成り立つかどうかについて、基本的な事柄を一つ一つ確かめながら検証したい。

『万葉集』に「鳥」字をトリと訓ませる例は数多くあり、問題の一四五番歌と同じ巻二においても次のように見え、まったく問題ない。

古《いにしへ》に恋ふらむ鳥《とり》は（恋良武鳥者）……　（万二・一一二）

……若草の　夫《つま》の　思ふ鳥《とり》立つ（念鳥立）　（万二・一五三）

そして、「成」字を四段動詞ナル（成）の連用形ナリを表記するのに用いた例も多数ある。

君が行き日《け》長くなりぬ（気長久成奴）……　（万二・九〇）

……日月《ひつき》の　まねくなりぬれ（数多成塗）……　（万二・一六七）

このように「鳥」字をトリと訓み、「成」字をナリ（アリガヨヒツツにかかるので連用形）と訓むのは、ごくごく普通の訓み方である。

では、「翔」字をトと訓むのは大丈夫であろうか。「翔」字は、次の例から「飛」字と同様にトブの訓をもつことがわかる。

天《あま》飛《と》ぶや（天飛也）　軽《かる》の道は……　（万二・二〇七）

……天《あま》飛《と》ぶや（天翔哉）　軽《かる》の道より……　（万四・五四三）

さらに、「飛」字にはトの音に使用した例がある。

白鳥《しろとり》の（白鳥能）　飛《と》羽《ば》山松《やままつ》の（飛羽山松之）……　（万四・五八八）

ほととぎす（霍公鳥）　飛《と》幡《ばた》の浦に（飛幡之浦尓）……　（万一二・三一六五）

ならば、今確認した「飛」＝「翔」（「飛」字と「翔」字の通用）から、「翔」字もトと訓める可能性がある。しかも、右の二例は「白鳥能《シロトリノ》　飛羽山松之《トバヤマツノ》」や「霍公鳥《ホトトギス》　飛幡之浦尓《トバタノウラニ》」のように、いずれも「鳥……飛」という文字列になっている。問題の「鳥翔成」の場合も、「鳥」字と「翔」字とが接している。こうした状況から見ても、「翔」字がトと訓まれる環境はととのっていると言えよう。

それでは、トブ（飛・翔）のブを脱落させてトと訓ませる例、すなわち、二音節動詞の活用語尾を省略して訓ませる同類のものが他にあるのかというと、「知」字のシルをシに、「踏」字のフムをフに、「咲」字のヱムをヱに、それぞれ使用した例が『万葉集』にあるので示そう。

松《マツ》者《ハ》知《シル》良《ラ》武《ム》（万二・一四五）→八《ヤ》隅《スミ》知《シ》之《シ》（万一・三）
石《イハ》踏《フミ》平《ナラ》之《シ》（万九・一七七八）→坂《サカ》之《ノ》踏《フ》本《モト》尓《ニ》（万九・一七五二）
咲《ヱミ》而《テ》立《タテ》有《レ》者《バ》（万九・一八〇七）→吉《ヨシ》咲《ヱ》八《ヤ》師《シ》（万二・一三八）

このような表記例の存在から、トブの訓を有する「翔」字をトで訓むことは、理論的に成立すると考えられる。

ただし、助詞トの表記に「翔」字を用いたとすると、それは孤立した例になってしまう。しかし、次の「飛」字をビの音に当てたのも同様に孤例（『万葉集』でこの一例）であるが、これは上にある「雲」字に続く関係から意図的に選択されたものと判断され、特異な文字使用に違いないけれども、それなりの理由が認められる。

……雲《ウネ》飛《ビ》山《ノヤマ》仁《ニ》　吾《アレ》印《シメ》結《ユヒツ》　（万七・一三三五）

こうした視点を導入すれば、「鳥翔」は「雲飛」と相通じる用字法として理解できるので、「翔」字をトと訓むのは確かに孤例にはなるが差し支えないと思われる。

ところで、本章の「はじめに」の⒀で紹介した大久保廣行「初期憶良の方法――「鳥翔成」の訓をめぐって――」は、「翔」字が助詞のトで訓めることと、それが上代特殊仮名遣いの点からも矛盾しないことを簡潔に指摘している（七二頁）。

「飛《と》幡《ばた》の浦（12三一六五）」「飛《と》羽《ば》山（4五八八）」などの略訓例は見出だしうる。ただ地名表記にしか確例がない点が問題として残るが、「飛＝と」が可能であるとすれば、「飛＝翔＝と」も許容されることになろう。トブのトも上代特殊仮名遣は乙類に属するから、これを格助詞「と」に転用しても仮名違いとはならない。

その上で、「翔」字を使用した意味についても言及する（七三頁）が、これも妥当な見解といってよい。

よって、第二字を助詞の「と」に訓んで第一字と第三字との自然なつながりを求めるならば、「鳥翔成」はトリトナリと訓むことができる。勿論、主語は有間皇子と解して問題なく（書紀に、「日本武尊、白鳥と化《な》りたまひて」とある）、二句以下への意味の連接にも飛躍は全く生じない。しかし、「鳥《とり》」「成《なり》」は異論がないにしても、なぜ助詞「と」に「等」「登」のような普通の仮名を用いずに、あえて「翔」を用いたかという疑念は残されよう。それは、結論的に言えば、鳥の空高く飛翔するイメージを文字の上に強く反映させたいとの意図から出ているのではないかと考えられる。

以上、表記の面から、「鳥翔成」はトリトナリと訓めるという結論に達した。

四　一首の解釈と類似表現

一四五番歌は次のように訓み下される。

鳥となりあり通ひつつ見らめども人こそ知らね松は知るらむ　(万二・一四五)

一首の解釈は、「(有間皇子は亡くなったが生まれ変わって) 鳥となり、(再び帰って来て見ようと生前に心を寄せた松のあるところに) 常に通いながら見ているだろうが、(有間皇子を偲ぶ) 人々はそのことを知らないだけで松は知っているであろう」となる。

「鳥と成り」は、「いったん死んだ人が鳥となり生まれ変わって」という意味を表すが、「人と成る (生を受けて人として生まれてくる)」という句が、『万葉集』にある。

人となる（人跡成）ことは難《かた》きを　わくらばに　なれる我が身は……　（万九・一七八五）

また、『伊勢物語』には人（女）が鳥の鶉《うずら》になると歌う比喩歌も見え、参考になる。

野とならば鶉となりて鳴きをらむ狩にだにやは君は来ざらむ　（伊勢物語・一二三段）

さらに、『新編国歌大観CD‐ROM版』（角川書店）を用いて検索すると、時代的にはかなり下ってしまうものの、次のようにトリトナリをいくつか見出すことができるところから、「鳥となり」の句が和歌の表現として、存在することがわかる。

涙川うきねの鳥となりぬれど人にはえこそみなれざりけれ　（千載・六七〇）
生きての世死にての後《のち》の後の世も羽《はね》をかはせる鳥となりなむ　（万代・二一九三）
羽並ぶ鳥となりては契るとも君忘れずはうれしとぞ思ふ　（義孝・八）
ほととぎすいかなるゆゑの契りにてかかる声ある鳥となりけん　（雲葉集・三〇二）
春はただ軒端《のきば》の梅のにほひにぞわが身をさらぬ鳥となりけれ　（延明神・四）

それに、「鳥となりあり通ひつつ」に通じる「鳥→通ふ」の主語述語の関係が、文献の上で確かめられる（「鳥→あり通ひつつ」もある）ので、表現としても無理がない。

鳥往来羽田之汝妹《トリカヨフハタノナニモ》　（履中紀・五年）

声絶えず聞こえぞわたる布施の海に鳴くや千鳥のありがよひつつ　（新千載・六七六）

それから、天智天皇が病気で危篤の時に、その肉体から離れた霊魂が木幡の山の上を通うと歌った例が、一四五番歌の三首先に見える。

青旗《あをはた》の木幡《こはた》の上を通《かよ》ふとは目には見れども直《ただ》に逢《あ》はぬかも　（万二・一四八）

これなどは、有間皇子が亡くなった後に鳥となって通うと歌うのと、ある種似通った発想で、亡くなった人に対する万葉人の見方（思想）が垣間見える。この点に関して、日本古典文学大系『万葉集』は一四八番歌の頭注で次のように説く。

死人の魂が天がけることは一四五に見えていた。古代人はそう信じていたのである。単なる想像や譬喩ととったのでは、この歌の真意はつかめない。

また、日本古典文学全集『万葉集』も、やはり一四八番歌の頭注で左記のごとく解説する。

通ふとは目には見れども—肉体から離れた霊魂は、時に人の目に見えるものと信じられていたのであろう。カヨフは同じ所を行きつ戻りつすることをいう。

作者憶良は亡くなった有間皇子の霊魂を自由に行き来できる鳥に託す形で、トリトナリと歌ったのではないだろうか。

五　大久保論文による補足説明

「鳥翔成」をトリトナリと訓むその真意は、⒀に示した大久保論文（前掲）に見られる次の記述に尽きるだろう（七四頁）。

トリトナリという試訓が従来の諸説と大きく異なっている点は、ツバサナスなどのような比喩でもなく、アマガケリのような霊魂の動作でもなく、有間自身が死後鳥に化すことを表現の上にはっきりとうち出していることである。従来の訓の裏側に漂っていたイメージとしての鳥を表面に明示し、飛翔する動作そのものは文字面から発するイメージの領域に含めて考えてみたのである。

つまり、助詞トに「翔」字が選択された理由は、文字を介しての視覚的な面、すなわち漢字のもつ表意性を存分に利用することで、鳥がどのような状態でアリガヨフのかを文字化した表記者の意匠であり、その点を看取すべきだとする見解である。賛意を表したい。

加えて、『古事記』（景行天皇）に見える「於是化八尋白智鳥翔天而向浜飛行（是《ここ》に八尋《やひろ》の白《しろ》ち鳥《とり》と化《な》り天《あめ》に翔《かけ》りて浜に向《むか》ひて飛び行《ゆ》きき）」の傍線部「鳥翔」の二文字は、問題の「鳥翔成」を考える上で極めて示唆的である。その点について大久保論文は以下のように述べるが、これもたいへん魅力的な見方だと思う（七五頁）。

景行から恐れ遠ざけられる倭建と中大兄から危険視される有間、「一つ松あせを」と松をいとおしむ倭建と結び松に祈願を込める有間、足が「たぎたぎしく」なったり「三重の勾《まがり》の如く」なったりして難渋を重ねる倭建と「草枕旅にしあれば椎の葉に盛る（2一四二）」と苦悩の旅を続ける有間など、両者をめぐる状況には共通点が少なくない。それも、とりわけ古事記に描くところの倭建像により近似しているのである。こうしたことから考えると、憶良は、悲劇の英雄倭建の最期と二重映しにすることによって、孤独悲運の貴公子有間の終焉の美的形象化をねらったのではなかったか。生前「吾が心、恒に虚《そら》より翔り行かむ」と希っていた倭建は、死ぬことによってそれを実現したのであったが、不条理の現実に懊悩する有間の姿にその願望を察知し、その囚われた魂の解放を図るべく、憶良は歌想を練ったのではなかったか。その象徴として「鳥」が不可欠であり、それゆえにその鳥は「白智鳥」のイメージでなければならないであろう。

続けて、大久保は次の点も見逃すことなく、注意を払っている（七五頁）。

憶良が書紀などに基づいて類聚歌林の記述をしたり、祝詞・宣命に則って作歌したり（好去好来歌など）する傾向もこの想像を助けてくれようし、上代特殊仮名遣のモの厳密な区別はもとよりのこと、他の万葉作家と比較して古事記使用の仮名を好んで用いる（両方とも巻五の憶良署名歌において著しい）という憶良の用字法上の特色も、これと無関係ではないであろう。

ところで、第二句「有《アリ》我《ガ》欲《ヨ》比《ヒ》管《ツツ》」の「有」字はアリを表記する際には平凡な文字であるが、ここは悲劇の皇子である「有間《ありま》」の「有」を念頭に置きつつ用いた文字として見るのはどうであろう。この見方は筆者の単なる勝手な思い付きに過ぎず、想像以外の何ものでもない。とは言え、「亡くなって鳥として生まれ変わった有間《ありま》があり通う」のように、「有」の文字に有間を読み込んで、重ねた読み取りをすると、より味わい深くなると思うのだが。

六　追和の仕方

一四五番歌には、「山上臣憶良の追和する歌一首」という題詞が付されている。どの歌に対して、どのような形で追和したのか、その点についても触れておく必要があろう。

ⓐ岩代の崖《きし》の松が枝《え》結びけむ人はかへりてまた見けむかも　（万二・一四三）
ⓑ岩代の野中《のなか》に立てる結び松心も解《と》けず古《いにしへ》思ほゆ　（万二・一四四）
ⓒ鳥となりあり通ひつつ見らめども人こそ知らね松は知るらむ　（万二・一四五）

ⓐⓑは「長忌寸奥麻呂《ながのいみきおきまろ》、結び松を見て哀咽《あいえつ》する歌二首」であるが、この二首に追和したのが、ⓒの憶良の「鳥となり……」の歌である。

それでは、右のⓐⓑ二首を、ⓒがどのような形で受けて追和しているのか、そこのところを確認したい。

まず、ⓒの上三句「鳥となりあり通ひつつ見らめども」であるが、これはⓐの下二句「人はかへりてまた見けむかも」に対応させたものと考えられる。なぜならば、人（有間皇子）は生前に、

岩代《いはしろ》の浜松が枝《え》を引き結びま幸《さき》くあらばまたかへり見む　（万二・一四一）

と詠んでいるからで、当然ⓐもⓒも右の歌を踏まえているはずである。その上で憶良は、有間皇子は死んだが鳥に成り変わることによって、心を寄せていた結び松のある場所にいつも通いながらその松を見ているだろう、と歌ったものと察せられる。人としては生きて還ることがかなわなかったが、鳥となり通い続けている、と憶良は有間を思いやって作ったに違いない。

また、次の憶良の歌も参考になろう。

天飛《あまと》ぶや鳥にもがもや都まで送りまをして飛び帰るもの　（万五・八七六）

これは「書殿《しょでん》にして餞酒《せんしゅ》する日の倭《やまとうた》歌四首」と題された最初の歌であるが、離れた場所でも自由に行き来できる鳥になりたい、とあこがれの気持ちで鳥を詠み込んでいる。こうした憶良の歌い方を考慮すれば、空を自在に飛び翔り、結び松のところに頻繁に通える鳥に、今は亡き悲運の有間皇子を見立てるという発想は十分にあり得よう。

次に、ⓒの下の句「人こそ知らね松は知るらむ」であるが、これはⓑの下の句「心も解《と》けず古《いにしへ》思ほゆ」を受けたものと推察される。すなわち、皇子を偲んで悲しむ人々に向けて、「皇子は鳥に姿を変えて帰って来ているが、そのことに人々は気付いていない。しかし、かつて皇子と心を通わせた松は鳥が皇子であることを知っている」のだと安心させ、諭すかのように呼びかけているのであろう。

さらに、ⓐの「結びけむ……見けむ」は過去推量のケムを第三句と結句に使用しているが、ⓒの方でも「見らめ……知るらむ」と現在推量のラムをⓐと同じ第三句と結句に置く。これは憶良が意図的に照応させたものに相違ない。

おわりに

……朝《あさ》な朝《さ》な　言ふこと止《や》み　たまきはる　命絶えぬれ　立ち躍《をど》り　足すり叫び　伏し仰ぎ　胸
打ち嘆き　手に持てる　我《あ》が子飛ばしつ　世の中の道
（万五・九〇四）

右は山上憶良が愛児の古日《ふるひ》を亡くした時の長歌だが、傍線を引いた「我が子飛ばしつ」は「我が子を失った」の意で、今は亡き愛する子を鳥にたとえて自ら飛ばした表現をとっている。鳥は天に昇ることができるからであろう。

それと、『古事記』の日本武尊《やまとたけるのみこと》が死後に大きな白い千鳥の姿となって天空に羽ばたく話などからも、当時は人が亡くなると鳥になるという信仰のあったことがうかがえる。

憶良が「鳥」を詠み込んだ歌は、長歌が三首（七九四・八〇〇・八九二番歌）に、短歌が三首（八七六・八九三・八九八番歌）の計六首ある。その中でも次の歌は、人と鳥とを対比させることで、鳥ならば憂き世を離れることができるのになぁ、という羨望の気持ちをストレートに表明している。

世の中を憂しとやさしと思へども飛び立ちかねつ鳥にしあらねば　（万五・八九三）

大久保のトリトナリ説は、ツバサナスやアマガケリと比較してもまったく遜色がなく、むしろ最有力の訓と言ってもよかろう。にもかかわらず、今までなぜか注釈書等でほとんど取り上げられることがなかった。それが一九九五年一一月に刊行された伊藤博『万葉集釈注』（集英社）の【注】には、アマガケリやツバサナスと並んで、トリトナリが紹介されている。

> 原文「鳥翔成」。難訓。底本の訓にトリハナスとあるのは「鳥《とり》羽《ば》成す」の意。ツバサナス・トリトナリの訓もある。第二句に最もすなおに、しかも格高く対応するという観点から、今かりに、義を取ってアマガケリと訓む説（佐伯梅友「鳥翔成」短歌研究第十二巻第十号）に従う。同じ憶良に、「阿《ア》麻《マ》賀《ガ》氣《ケ》利《リ》」（5八九四）の例がある。
>
> （傍線引用者）

そして、二〇〇〇年三月に刊行された、橋本達雄『万葉集の時空』（笠間書院）所収の「有間皇子自傷歌とその挽歌群」の中には次の記述が見える（五六～五七頁）。

さて、憶良の追和歌の初句「鳥翔成」はいまだ定訓はない。旧訓トリハナス以降、ツバサナス（考）、カケルナス（攷証）などがあったがいずれも難点があり、鳥が空を翔けるようにという字義に忠実に、これを義訓してアマガケリと訓んだ佐伯梅友氏の訓に従うべきかと思う。憶良には万葉集中の唯一例「阿麻賀気利」（5・八九二）の句もある。窪田『評釈』（全集本）はアマガケリ説に従い、

これは有間皇子の魂の状態をいったものである。上代の信仰として、死んだ人の魂は鳥の形となって、生きていた時心を寄せていた所へ自在に翔《と》びゆきうるものとしていた。日本武尊の魂が、白鳥となって、伊勢より大和へ翔んだというのは、最も有力な例で、ここもその心のものである（この引用部分は旧版《昭和二二年》も全集本も同じ）。

と日本武尊《やまとたけるのみこと》の物語との関連を指摘したのは、きわめて注目に価する。そしてこの倭建命《やまとたけるのみこと》の白鳥化成や一つ松の物語とその悲劇性とを有間に重ね、「鳥」に重点を置き、「成」を生かして、初句をトリトナリと訓み、「孤独悲運の貴公子有間の終焉の美的形象化をねらったのではないか」と述べたのは大久保広行氏であった。このトリトナリの訓は間宮厚司氏の支持・強化するところとなっている。

このトリトナリは、より多くの研究者に、ぜひとも多方面から再検討していただきたい訓である。

第五章　一五六番歌の訓解

はじめに

三諸之《ミモロノ》　神之神須疑《ミワノカムスギ》　已具耳矣自得見監乍共　不寝夜叙多《イネヌヨゾオホキ》　（万二・一五六）

右の訓みを付けていない「已具耳矣自得見監乍共」の十文字については、新日本古典文学大系『万葉集』（岩波書店）が、「第三・四句は解読不可能。諸説種々あるが、未だ従うに足るものはない。訓を付さないでおく」と記すように、現在まで定訓を見ない。

この歌は、題詞に「十市皇女《とおちのひめみこ》が亡くなった時に高市皇子尊《たけちのみこのみこと》が作られた挽歌三首」とある、その第一首。そして、第三首（一五八番歌）の後に、「『日本書紀』には、天武天皇の七年四月七日に十市皇女が突然病気になり宮中で亡くなられた、とある」という左注が見える。十市皇女の死因については、三輪の神の祟り説や自殺説などがあるが、いずれも根拠が薄弱で憶測に過ぎない。なお、十市皇女の歌は『万葉集』に見えず、高市皇子の歌はここの挽歌三首（一五六～一五八番歌）のみ。

本章では、「已具耳矣自得見監乍共」の訓読と一首の解釈を試みるが、最初に試案の概略を簡潔に述べておこう。

第三句は「已具耳矣」までと考え、これに誤字が二字あったと見なし、本文を「四具耳奠」に改めて、ヨソノミニと訓む。第四句の「自得見監乍共」は最後の「共」字の位置を移動させ、「自得共見監乍」に変えた上で、アナウトミツツと訓じる。その結果、一首を漢字と平仮名で訓み下せば、左のようになる。

みもろの三輪《みわ》の神杉《かむすぎ》外《よそ》のみにあな憂《う》と見《み》つつ寝《い》ねぬ夜《よ》ぞ多《おほ》き

上二句の「みもろの三輪の神杉」に関しては、新編日本古典文学全集『万葉集』（小学館）が、「恐らく第三句以下を起す序であろう」というのが当を得ていると思う。そして、歌意は、「三輪山の神々しい杉のように（容易に近寄り難いあなたを）、ただ遠く離れた所からアァつらいと思いながら眠れぬ夜が多かったなぁ」というように、昔の気持ちを回想した歌として解釈する。この私訳で、「容易に近寄り難いあなたを」と括弧内に補ったのは、神の依りましの木の代表である神聖な三輪の杉に手を触れると罰が当たると信じられていたからである。そのことは、次の歌を見ればわかる。

味酒《うまさけ》を三輪《みわ》の祝《はふり》が斎《いは》ふ杉《すぎ》手触《てふ》れし罪《つみ》か君に逢ひ難《がた》き　（万四・七一二）

以上が論の骨子で、以下に論証を行う。

一　第三句の訓み

第三句に来るのはヨソノミニの句がふさわしいと考えられる。なぜかというと、時代は下るが、『続千載和歌集』（一三二〇年）に、「よそにのみ三輪の神杉」で始まる歌が存在するからである。

よそにのみ三輪の神杉いかなれば祈るしるしのなき世なるらむ　（続千載・一二三二）

平安時代以降は右の例のように、ヨソニノミである。しかし、奈良時代にはほとんどヨソノミニであり、副助詞ノミと格助詞ニの語順が平安以降のヨソニノミとは異なっていた。実例を『万葉集』と『古今和歌集』から示して、見比べてみよう。

よそのみに（余曽能未尓）見ればありしを今日《けふ》見ては年に忘れず思ほえむかも　（万一九・四二六九）

よそにのみあはれとぞ見し梅の花飽かぬ色香は折りてなりけり　（古今・三七）

『万葉集』では、「余《ヨ》曽《ソ》尓《ニ》能《ノ》美《ミ》」（万二〇・四三五五）という唯一の例外（この歌は「能《ノ》美《ミ》」の「美《ミ》」が甲類の仮名になっている点も仮名違いで異例）を除き、他の八例すべてがヨソノミニとなっている。

さて、ここで問題となるのは、「已具耳矣」を原文表記のままで、ヨソノミニと訓めるかである。「已」字については、稲岡耕二『万葉集全注』（有斐閣）が一五六番歌の【注】の中で、「集内に已《イ》の仮名として見えるほか、推古期遺文に等已彌居加斯支移比彌の名の表記があり、これはヨ（乙）の仮名である」と指摘する。ヨソ（余所）のヨは上代特殊仮名遣いで乙類であるから、推古期ならば「已」字をヨソのヨに用いたとしても特に支障はない。

推古期のヨ（乙）には「已」字以外に「余」や「与」の字が見えるが、この二字は『万葉集』でも引き続き、ヨ（乙）の仮名として使用されている。しかし、「已」字の場合には、中国原字音の変遷から見て『万葉集』でヨ（乙）に用いることは極めて考えにくい。現に、『万葉集』で「已」字をヨ（乙）に当てた例は皆無である。したがって、「已」字を古い用字法で、ヨ（乙）と訓めるのならばよいのだが、それは今述べた点から相当に困難という結論にならざるを得ない。

ところで、澤瀉久孝『万葉集注釈』（中央公論社）の当該歌の【訓釈】には、「已具」表記に関する注目すべき記述がある。少々長くなるけれども引用してみる。

……私は、第三四句は、既に契沖がいみじくも云つたやうに「互ニ目ニハ見ツヽ」といふ考に一歩を進めて、「よそのみに見つゝも」といふ風な言葉でありたいと考へるのが最も自然では無いかと考へる。そしてその「よそ」の訓読を認める為には、「已具」を「四其」の誤と見る極めて自然な誤字説が考へられると私は考へるがどうであらうか。「四」の字の草体が「已」の字の草体に誤るといふ事は、実例は集中にないが、古写本の草体の文字を見てゐれば十分になづかれるところだと思ふ。「其《ソ》」は乙類の仮名であるが、「四《ヨ》十《ソ》耳《ノミ》」（三・三八三）の「十」は甲類であるので仮名違ひのやうに見えるが、それは集中唯一例で、あとは「余《ヨ》曾《ソ》能《ノ》未《ミ》母《モ》」（十七・三九七八）、「与《ヨ》曾《ソ》能《ノ》未《ミ》尓《ニ》」（十五・三六二七）など、九つの仮名書例すべて乙類の仮名が用ゐられてゐるので、「十」は例外と認むべきで、仮名遣にも抵触しないのみならず、「四《ヨ》其《ソ》」ならば上下共に訓仮名であつてその点もやすらかである。

『万葉集注釈』は「四→已」と「其→具」の二字に誤写があったと推定し、「四其」を原形と考えてヨソと訓む。筆者は、「四→已」には賛成できるが、「其→具」の方には賛成できない。なぜなら、「具」字には「具《ソ》穂《ホ》船《ブネ》乃《ノ》……本《モト》葉《ハ》裳《モ》具《ソ》世《ヨ》丹《ニ》」（万一〇・二〇八九）だとか、「真福《マサキク》在《アリ》与《コ》具《ソ》」（万一三・三二五四）などといった例があり、そのままでも十分にソ（乙）と訓み得るからである。言うまでもなく、なるべく誤字を想定しない立場に立つ方が無難であるから、ここは一字の誤字に抑えて、「四具」でヨソと訓むのがよかろう。

ちなみに、『万葉集』に実際に見えるヨソ（外）の仮名表記の例は、「四十」（巻三に一例）・「余曽」（巻一七に一例、巻一九に二例、巻二〇に一例）・「余増」（巻一七に一例）・「与曽」（巻一四に一例、巻一五に三例）の四種類である。

次に、「耳矣」をノミニと訓めるかだが、「如是耳《カクノミニ》」（万三・四五五）や「外耳《ヨソノミニ》」（万四・五九二）などのように、「耳」一字でもってノミニと訓ませる例が『万葉集』にはある。ただそうすると、「耳矣」の「矣」字を例えば「不相夜多焉《アハヌヨノオホキ》」（万四・六二三）の「焉」字のように文末に置く強意の助字（漢文で特に訓読しない添え字）と見なさねばならなくなる。だが、その可能性はほとんどない。なぜかというと、「矣」字は「粟嶋《アハシマ》矣《ヲ》」（万三・三五八）のように助詞ヲに計七二例使用されているが、『万葉集』で助字として訓読しない例は、「耆矣奴《オイハテヌ》」（万一六・三八八五）の一例を除いて見当たらないからである。新編日本古典文学全集『万葉集』の頭注には、「老いはてぬ―このヌは連体形ヌルの連体形代用。原文「耆矣奴」の「矣」は完了を示す助字」とある。

それでは今度は逆に、「四具耳矣」を表記に忠実にヨソノミヲと訓んだ場合にはどうなるかというと、『万葉集』にヨソノミニは計八例見られるものの、ヨソノミヲの例は無く、後に検討する第四句とのつながり具合から見ても、ヨソノミヲの句は極めて考えにくい。

そこで一案として、「矣」字を「奐」字の誤字と見るのはどうだろう。両者の字形は古写本で近似するものがあり、誤写の生じる可能性はありそうだ。その例を『日本名跡大字典』（角川書店）から示してみよう。

矣

藍紙萬葉九

尒

金澤萬葉四

「尒」字には、助詞ニを表記した「常処女《トコヲトメ》尒《ニ》手《テ》」（万一・二二）の例がある。すでに言及したとおり、上代のヨソノミニは中古以降ヨソニノミに変化した。ひょっとすると、そうした事情が、本来ヨソノミニ（尒）であった句を、書写の過程でヨソノミヲ（矣）に誤らせる一因になったのかも知れない。以上の検討から、第三句の「已具耳矣」を「四具耳尒」に直して、ヨソノミニと訓むことにする。

二　第四句の訓み

第四句についても、『万葉集注釈』の説くところが示唆に富む。

……さて「已具耳」が「四其耳《ヨソノミ》」とすれば、下の「見監乍」はミツヽといふ事になる。「監乍」はミツヽと訓む例（七・一二七六）があり、美夫君志にあげられてゐる、「暮夕《ユフベ》」（一・六四）、「集《ツド》聚《へ》」（三・四七八）などの例により、「見」「監」いづれかを衍字としなくても三字をそのまゝに訓む事が出来よう。それにしても第三四句の上下だけは右の如く「ヨソノミ□□□□ミツヽ」となつて、その中間の「矣自得（見又は監？）」の三字又は四字の文字と五音の訓とがｘのまゝに残されてゐる事になる。しかしおぼろげながらも歌意は辿られる事になつたと考へる。

第四句「自得見監乍共」のうち、「見監乍」の訓みはミツツでよいと思う。『万葉集注釈』は動詞ツドフ（集）を「集聚」の二字で表記した例があるところから、動詞ミル（見）も「見監」で表記し得たと説明する。けれども、ツドフを「集」の一字と「集聚」の二字で表記した例はあるが、「聚」字だけでツドフを書いた例は見えない。ミルの場合には、「見」と「監」の一字でそれぞれミルを書いた例があり、なおかつその二字を重ねた「見監」でもってミルを表記したと考えるのであるから、厳密にはそれとまったく同じ条件の例を挙げる必要がある。そこで、動詞のウツロフ（移）とサワク（騒）の例を挙げて、いささか補強をしておきたい。ウツロフには「移《ウツロヒ》尓家里《ニケリ》」（万三・四七八）と「変《ウツロヒ》安寸《ヤスキ》」（万四・六五七）と「移変《ウツロフ》色《イロ》登《ト》」（万七・一三三九）の表記例があり、サワクにも「河津者《カハツハ》驟《サワク》」（万三・三二四）と「味村《アヂムラ》驂《サワキ》」（万四・四八六）と「驟驂《サワク》舎人《トネリ》者《ハ》」（万三・四七八）の例が存する。要するに、同じ動詞を□字と△字と□△字で書いているのである。動詞ミルの場合、「見」と「監」の各字で表記した例があるのだから、この二字を重ねた「見監」でミルを書く可能性はウツロフやサワクの場合と同様にある。したがって、「監」字を「見」字の衍字《えんじ》と見なくてもよい。『万葉集注釈』はツドフ以外にユフベの例を挙げる。確かに『万葉集』にはユフベを「暮」と「夕」と「暮夕」の文字で表記した例がある。しかし、これはあくまでも名詞の例であるから、動詞ミルの傍証例とするには不十分と考え、動詞における同種の表記例を補足した次第。

そして、「見監」に続く「乍」字は、「振放《フリサケ》見《ミ》乍《ツツ》」（万二・一五九）や「監《ミ》乍《ツツ》将偲《シノハム》」（万七・一二七六）等々、ツツと訓む例に事欠かない。

今、検討を終えた「見監乍」の訓みは、第三句ヨソノミニとの続き方から見ても、やはりミツツが文脈上よく適合するので、そのことを以下に確認しておきたい。

ⓐ外《よそ》のみに見つつ恋ひなむ　紅《くれなゐ》の末摘《すゑつ》む花の色に出《い》でずとも　（万一〇・一九九三）

ⓑ高麗剣《こまつるぎ》我《わ》が心から外《よそ》のみに見つつや君を恋ひ渡りなむ　（万一二・二九八三）

ⓒ……早く来て　見むと思ひて　大船を　漕ぎ我が行けば　沖つ波　高く立ち来《き》ぬ　外《よそ》のみに　見つつ過ぎ行き……　（万一五・三六二七）

これら三首はヨソノミニミツツの例であるが、助詞ニの省略されたヨソノミミツツの例も三首見える。

①筑波嶺《つくはね》を外《よそ》のみ見つつありかねて雪消《ゆきげ》の道をなづみ来《け》るかも　（万三・三八三）

②……天雲《あまくも》の　外《よそ》のみ見つつ　言問《こと と》はむ　よしのなければ……　（万四・五四六）

③……立つ雲を　外《よそ》のみ見つつ　嘆くそら　安けなくに……　（万一九・四一六九）

ここで一つ確かめておかなくてはならないことがある。それはヨソノミ（二）の表す意味である。①②のヨソノミミツは「無縁なもの、無関係なものとして見る」の意味で、新編日本古典文学全集『万葉集』の頭注にも、①「ヨソは遠くにあって話し手と無縁なものをいう」、②「ヨソは遠く離れていて無縁なもの」とある。しかし、ⓐやⓑのヨソノミニミツは、「外《よそ》のみに見つつ……恋ふ」なので、単に「遠くから見て……恋する」の意味になる。問題の一五六番歌の場合は、結句の「寝《い》ねぬ夜《よ》ぞ多《おほ》き」から「無縁・無関係」の意味には文脈上なり得ず、ⓐⓑの「遠目に見るばかり」の方で解される（一首を通しての解釈は後で行う）。

そうすると、第四句の「自得」はどう訓じるべきか。「自」字は、「自《オノ》妻《ヅマ》跡《ト》」（万四・五四六）や「自《オノ》身《ガミ》之《ノ》柄《カラ》」（万一六・三七九九）の例からオノと訓まれている。ただし、当該歌の場合、「自得」の「自」字を「自分」の意のオノで訓んでも、下に続けて意味を通すことはできそうにない。そこで、次の『万葉集』に見られる同音異義語の感動詞のオノに着目したい。

針袋《はりぶくろ》取り上げ前に置き返《かへ》さへばおのともおのや（於能等母於能夜）裏《うら》も継《つ》ぎたり

（万一八・四一二九）

この「おのともおのや」に対して、新編日本古典文学全集『万葉集』は頭注で、「オノは驚き怪しむ意の感動詞。アナと同源か。針袋が裏ぎれ付きの入念な仕上げであったことに驚いたのである」と解説する。また、『古語大辞典』（小学館）の、オノ（吁）の項を開いて見ると次の記述がある。

おの【吁】〔感動〕驚きあるいは怪しむ意を表す。おや。「針袋取り上げ前に置き反（かへ）さへば——［於能］とも——［於能］や裏も継ぎたり」〈万葉・一八・四一二九〉。「禹のいはく、——［吁ヲノ］皆かくのごときは、これ帝もそれ難（はばか）る」〈夏本紀鎌倉初期点〉。「吁　疑恠之辞也　於乃」〈新撰字鏡〉

語誌 万葉集の一例以外は、新撰字鏡・類聚名義抄・色葉字類抄などの古辞書および鎌倉期以降の漢籍の訓点資料に、「吁」字の訓として現れるもの。感動詞「あな」と母音交代の関係にあると思われる。時に「オンノ」と表記されたものがあるが、これは撥音の介入した形である。

［山口佳紀］

オノの訓を有する「吁」の字義を、『学研 漢和大字典』（学習研究社）で確かめてみると、「ああうわっという嘆声をあらわす擬声語。▽驚き・怪しみ・悲しみなど、文脈に応じてさまざまの感じを含む」とある。

この感動詞オノは、すでに指摘されているように感動詞アナと母音交替の関係にあると考えられる。アナは広く喜怒哀楽の感情が高まった時に用いられ、アナの下には形容詞の語幹が来ることが多い。

〈アナ＋形容詞の語幹〉は『万葉集』に計八例ある。三例ばかり挙げてみよう。

あな醜《みにく》（痛醜）賢しらをすと……　（万三・三四四）

……あな息づかし（穴気衝之）相別れなば　（万八・一四五四）

……あなたづたづし（安奈多頭多頭志）ひとりさ寝《ぬ》れば　（万一五・三六二六）

真ん中の一四五四番歌の例は、感動詞アナを「穴」という借訓字で表記しているが、これは感動詞オノを「自」字で表記する可能性を示す例と言えよう。それにオノ（自）のノも、オノ（吁）のノも乙類であるから、上代特殊仮名遣いの点からも矛盾しない。

「得」字については、「得《ウ》飼《ケ》飯《ヒ》」（万四・七六七）だとか、「得《ウ》田《タ》直《テ》」（万一二・二八七七）など、ウの音に当てた例がある。

以上を踏まえ、「自得」をオノウと訓み、ウをク活用の形容詞ウシ（憂）の語幹ウと考えてみたいのだが、残念ながらオノウの例は文献の上で発見できない。しかし、アナウの例ならば、『古今和歌集』をはじめ、中古以降の和歌に散見される。

しかりとて背《そむ》かれなくに事しあればまづ嘆かれぬあな憂《う》世の中　（古今・九三六）

ここで今までの事柄を整理すると、「自得」は文字からはオノウの方が自然な訓みとなるけれども、和歌の表現例に照らして見るならば、『古今和歌集』以降に例の見られるアナウの方が受け入れやすい、という結論になる。ところで、「自」字をアナと訓む可能性はゼロであろうか。『日本書紀』の訓注に注目すべき例がある。

大己貴、此をば於《お》褒《ほ》婀《あ》娜《な》武《む》智《ち》と云ふ。　（紀・神代上）

右の「己」字をアナと訓める理由について、日本古典文学大系『日本書紀・上』（岩波書店）の補注（五六五頁上段）は次のように説明する。

この神の名は書紀では大己貴であるが、記では大穴牟遅、万葉では於保奈牟知・大穴道・大汝である。大己貴の己はオノと訓むのが普通であるが、kare←köre（彼此）、sa←sö（其）、na←nö（助詞）、ya←yö（助詞）という音韻転換の例によって、ana←önö という場合があり得たと思われる。しかし、öFöana という母音の連続した形は、奈良時代には実際にはあり得ない形なので、この訓はおそらく、大、己、貴と一字一字を訓んで、その訓を書いたものであろう。

『日本書紀』の「大己貴」の例から、「己」字をアナと訓むことは確実で、「己」字をアナと訓める理由は、オノレのオノとの母音交替（aとö）があるからだとわかるし、この母音交替以外の説明はできそうにない。山口佳紀『古代日本語文法の成立の研究』（有精堂）は、こうしたア列音とオ列乙類音の交替例を十数例ほど列記する（三〇四〜三〇五頁）。

アナ（感動詞）―オノ（同）・アナ（己）―オノ（同）・ハダラニ（斑）―ホドロニ（同）・イラ（血族）―イロ（同）・カタル（語）―コト（言）・カワラト（擬声語）―コヲロコヲロニ（同）・キカス（聞）―キコス（同）・ナ（助詞）―ノ（同）・サヤニ（擬声語）―ソヨニ（同）・タナビク―トノグモル・タワム（撓）―トヲム（同）・ヨラシ（宜）―ヨロシ（同）・ヨサヅラ（吉葛）―ヨソヅラ（同）

こういった対応関係が存在する以上、「自」字にもオノの訓があるので、「自」字をアナと訓む可能性は、「己」字のケースと同様にある。すなわち、上代にはオノレのオノに対する同じ意味のアナがあったから、「己」や「自」の字を稀にアナと訓ませることがあったのだろう。

結局、「自得」の訓み方はオノウとアナウの二つの可能性があるのだが、どちらかと言えば、オノウよりもアナウの方が熟した表現ということで、アナウを採用したい。

これで、第四句「自得見監乍共」の七音のうち、アナウミツツの六音が決定した。最後に「共」字をいかに訓むかだが、これを助詞ツツの後に続けて訓もうとしても、うまくいかない。

そこで、この「共」字を移動させて、本文を「自得共見監乍」に変えてみよう。この大胆な処置は言うまでもなく窮余の策である。ただし、次点本『類聚古集』の本文を見ると、「共」字は当初書き落とされ、後に右側に書き添えられた形になっている。

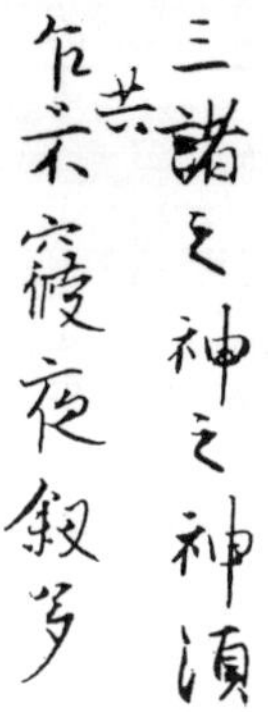
三諸之神之神須疑已具耳矣自得見監
共
乍不寝夜叙多

これは単純な書き落としなのか。それとも「共」字がここに入ると歌意がとれなくなると躊躇した痕跡なのか。『類聚古集』における一五六番歌は漢字表記のみで訓が付けられていないこともあってよくわからないが、本章では本文を「自得共見監乍」に改めて、論を進めたい。

「共」字は、「鵞《ヲシ》与《ト》高《タカ》部《ベ》共《ト》」（万三・二五八）や「吾《アレ》共《ト》咲《ヱマ》為《シ》而《テ》」（万四・六八八）のように、ト（助詞）と訓んだ例があるので、「自得共見監乍」はアナウトミツツと訓むことができる。

そして、このアナウトと同じ表現形式の〈感動詞アナ＋形容詞の語幹＋助詞ト〉の例が、『万葉集』に見える。

ある人のあな心無《な》と（痛情無跡）思ふらむ秋の長夜を寝覚め伏すのみ　（万一〇・二三〇二）

また、『古今和歌集』には〈感動詞アナ＋形容詞ウシ（憂）の語幹ウ＋助詞ト〉の例が二首ある。

取りとむるものにしあらねば年月をあはれあな憂と過ぐしつるかな　（古今・八九七）

世の中にいづら我が身のありてなしあはれとや言はむあな憂とや言はむ　（古今・九四三）

これらを見れば、アナウトミツツは和歌の表現として、あり得る句だと了解されよう。

三　一首の解釈

三諸之《ミモロノ》　神之神須疑《ミワノカムスギ》　四具耳尭《ヨソノミニ》　自得共見監乍《アナウトミツツ》　不寝夜叙多《イネヌヨゾオホキ》　（万二・一五六）

右のように本文を定めて訓読した上で、一首の解釈を試みることにする。

初句・第二句の「みもろの三輪《みわ》の神杉《かむすぎ》」は、第三句の「外《よそ》のみに」を起こす序と考えるわけだが、『万葉集』には「外《よそ》のみに」を導く句が二例ある。

闇の夜《よ》に鳴くなる鶴《たづ》の外《よそ》のみに聞きつつかあらむ逢ふとはなしに　（万四・五九二）

春日野《かすがの》に照れる夕日の外《よそ》のみに君を相見て今ぞ悔しき　（万一二・三〇〇一）

二例共に上二句が第三句「外《よそ》のみに」を起こす序になっており、この点は一五六番歌と同じ構成になっている。一五六番歌の場合、「神木として知られている杉（その手にも触れ難い神聖な杉）を、ただ遠くから」と歌い出し、主意は「そのように（容易に近寄り難いあなたを）はるか離れた所からアァつらいと思いながら眠れぬ夜が多かったなぁ」と過去を振り返りつつ嘆くところにある。私訳では、「あな憂《う》と見《み》つつ」の「……と見る」を「……と思う」の意で解釈したが、「……と見る」の形で、「……と思う」の意に解せる例を示そう。

海人《あま》小舟《をぶね》帆《ほ》かも張れると見るまでに鞆《とも》の浦廻《うらみ》に波立てり見ゆ　（万七・一一八二）

ながらへばまたこのごろやしのばれむ憂《う》しと見し世ぞ今は恋しき　（新古今・一八四三）

『万葉集』の例は「帆を張っているのかと思うほどに」、『新古今和歌集』の方は「かつてつらいと思った昔が」のように解釈できる。

次に、「外《よそ》のみにあな憂《う》と見《み》つつ」と似た心境を歌い、しかも、「外《よそ》のみ」や「憂《う》し」の語を含んだ万葉の恋歌がいくつかあるので、ここにピックアップしてみよう。

心には思ひ渡れどよしをなみ外《よそ》のみにして嘆きそ我《あ》がする　（万四・七一四）

恨みむと思ひて背《せ》なはありしかば外《よそ》のみそ見し心は思へど　（万一二・二五二二）
逢はなくも憂《う》しと思へばいや増しに人言《ひとごと》繁《しげ》く聞こえ来るかも　（万一二・二八七二）
高麗剣《こまつるぎ》我《わ》が心から外《よそ》のみに見つつや君を恋ひ渡りなむ　（万一二・二九八三）

これら四首は、皆何らかの事情で思うように会えぬつらい気持ちを詠じたものである。そして、次の「ただ遠くから美しいと思って見ていた」と歌う『古今和歌集』の例は、「外《よそ》のみにあな憂《う》と見《み》つつ」と構文的に完全に一致はしないが、一脈相通じるものがある。

よそにのみあはれとぞ見し梅の花飽かぬ色香は折りてなりけり　（古今・三七）

それでは高市皇子が、「外《よそ》のみにあな憂《う》と見《み》つつ（ただ遠く離れた所からアァつらいと思いながら）」と歌わざるを得ない、その歴史的背景の方に目を向けてみよう。
そもそも急逝した十市皇女と、その挽歌を作った高市皇子の父は同じ天武天皇である。ところが、母は十市皇女が額田王なのに対して、高市皇子は胸形《むなかたの》君徳善《きみとくぜん》の娘尼子《あまこのいらつめ》娘で異なる。伊藤博『万葉集釈注』（集英社）は、この十市皇女と高市皇子の関係について次のように推察する（三七一～三七二頁）。

高市皇子がこの折なぜ挽歌を捧げたのかはよくわからない。高市は壬申の乱の折、十九歳にして天武軍を指揮した。皇女の夫を死なしめた張本人の一人である。その宿命のゆえの鎮魂ということも考えられるし、異母弟としての悲嘆ということも考えられる。しかし、その歌柄からは、通常いわれるように、壬申の乱後二人が夫婦の関係にあったことによる悲しみと見るのがおだやかであろう。

一方、神野志隆光・坂本信幸企画編集『万葉の歌人と作品・第三巻』（和泉書院）所収の辻憲男「高市皇子の歌」は、右とは別の見方をする（一七七頁より引用）。

皇女の死は高市皇子にとっても大きな悲しみであった。二人の関係は不明と言うほかないが、出身や境遇において最も親近の姉弟（あるいは兄妹）であったのだろう。壬申以後の二人の結婚を考える向きも多い（『新考』ほか）。しかし乱勃発の時、高市皇子は大津皇子《おおつのみこ》らとともに大津京から密かに脱出して、父のもとに急行した。京に残った十市皇女は言わば人質的存在になり（葛野王は四歳）、そこでひとり父や弟たちの思い及ばぬ別の苛酷な戦さを生き延びて、乱後飛鳥に戻って来た。簡単に結婚というような運びになったかどうか。むしろ挽歌三首に底流しているのは、運命的に幸薄かった姉を悼む無念の気持ちではなかろうか。そこに異性間の愛情がなかったとは言い切れないが、これらは少なくとも一般の亡妻挽歌の類とは一線を画しているように思われる。

詳細は不明というほかないが、「壬申の乱後二人が夫婦の関係にあった」にせよ、「姉を悼む無念の気持ちで……一般の亡妻挽歌の類とは一線を画している」にせよ、いずれにしても高市皇子が十市皇女の夫の大友皇子と立場上対立していたことは動かない史実である。そういう政治的状況から、二人が非常に会いにくい状況下に置かれていたことは、容易に推測できよう。だからこそ、直接会うことのできなかった過去のつらい思いを込めて、「外《よそ》のみにあな憂《う》と見《み》つつ寝《い》ねぬ夜《よ》ぞ多《おほ》き」と歌ったのではないか。熟語としての「自得」には、「自ら心にさとる・自ら報いを受ける」という意味がある。この文字を選択したその裏には、壬申の乱における十市皇女と高市皇子の関係を踏まえて、「自得《アナウ》」(アァつらい)と表記したとも想像される。

では、一五六～一五八番歌を並べてみよう。

みもろの三輪《みわ》の神杉《かむすぎ》外《よそ》のみにあな憂《う》と見《み》つつ寝《い》ねぬ夜《よ》ぞ多《おほ》き　(万二・一五六)
三輪山《みわやま》の山辺《やまへ》ま麻木綿《そゆふ》短木綿《みじかゆふ》かくのみ故《ゆゑ》に長くと思ひき　(万二・一五七)
山吹《やまぶき》の立ちよそひたる山清水《やましみづ》汲《く》みに行かめど道の知らなく　(万二・一五八)

辻憲男「高市皇子の歌」は、これら三首の配列のあり方に関して次のように述べる(一八四頁)。

高市皇子の三首は、「みもろの神の神杉」―「三輪山の山辺ま麻木綿」―「山吹の立ちよそひたる山清水」と、三輪山の祭祀から山中の黄泉へと漸進発展する。次第に山奥深く神域に分け入り、亡き人への追慕の念がいや増すといった構成である。題に「薨時」とあるのを、『注釈』は第一首を「よそのみ□□□□□見つつ」と訓んで「薨ずる前の作」とし、第二首を「薨じた時」、第三首を「葬送の後」と考えた。皇女と神祀との関わりを思えばそのような理解もあり得ようが、歌意不明では如何ともしようがない。

この記述の中に、『万葉集注釈』が第一首の一五六番歌を「薨ずる前の作」とする見解が紹介されている。『万葉集注釈』は当該歌の【考】において、挽歌の標題下に収められた作がすべて挽歌に限らない例として、有間皇子の挽歌（一四一・一四二番歌）を挙げ、それを根拠に問題の一五六番歌は題詞に「薨時」の文字が見えるけれども、これは何も「薨じた後」と限定するには及ばないと考えた。その結果、【口訳】では次のように「夜が多いことよ」と、亡くなった時の歌なのに生きている時の歌と見て、現在形で解釈している。

大三輪の神の神杉のように、神々しく気高く、手にも触れがたき思ひで、よそにのみ見つゝ、相寝る事のない夜が多いことよ。

ただ、この『万葉集注釈』の解釈は疑問である。なぜなら、有間皇子の挽歌（一四一・一四二番歌）の場合には、題詞に「有間皇子自《みづか》ら傷《いた》みて松が枝を結ぶ歌二首」とあるから、これは生前の内容であっても納得できる。しかし、一五六番歌の場合は、題詞に「十市皇女の薨《こう》ぜし時に高市皇子尊の作らす歌三首」とあり、「薨《こう》ぜし時」（亡くなった時）と明記されている。にもかかわらず、「相寝る事のない夜が多いことよ」と、まだ生きている時の歌として解釈するのでは、どうしても不自然の感を免れない。

そこで筆者は、「ただ遠く離れた所からアァつらいと思いながら眠れぬ夜が多かったなぁ」と過去形で解釈したい。つまり、十市皇女の生きていた時を思い出して、高市皇子が「眠れぬ夜が多かったなぁ」と回想している歌だと考えれば、「十市皇女の薨《こう》ぜし時」とある題詞にも抵触しないですむ。となると、「寝《い》ねぬ夜《よ》ぞ多《おほ》き」の「多き」を、「多かりき」の意味で解釈できるか否かを検討する必要がある。「寝《い》ねぬ夜《よ》ぞ多《おほ》き」の句は一五六番歌以外に無いので、ここでは『万葉集』の「寝《ぬ》る夜《よ》しそ多《おほ》き」という三例に絞って考える。

㋐うちひさす宮道《みやぢ》に逢ひし人妻故《ゆゑ》に玉《たま》の緒《を》の思ひ乱れて寝《ぬ》る夜《よ》しそ多《おほ》き　（万一一・二三六五）
㋑み吉野の秋津《あきづ》の小野《をの》に刈る草《かや》の思ひ乱れて寝《ぬ》る夜《よ》しそ多《おほ》き　（万一二・三〇六五）
㋒立ち反《かへ》り泣けども我《あれ》は験《しるし》なみ思ひわぶれて寝《ぬ》る夜《よ》しそ多《おほ》き　（万一五・三七五九）

参考までに、新編日本古典文学全集『万葉集』の歌意を示してみよう。

㋐（うちひさす）都大路で逢《あ》った人妻のせいで（玉の緒の）思い乱れつつ寝る夜が多い
㋑み吉野の秋津《あきづ》の小野で刈ったかやが乱れるようにあれこれ思い乱れて寝る夜が多い
㋒繰り返して泣いてもわたしは甲斐《かい》がないのでがっくりしおれて寝る夜が多い

㋐〜㋒の「多き」の全例を「多い」と現代語に訳しているが、この「多い」は歌を作っている現時点から今まさに過去に幾度か経験した夜の寝方を「多かったなぁ」と振り返った表現である。現代語でも、「最近何だか夢見の悪い夜が多い」は「多かったなぁ」の意で、「多い」はすでに経験した過去の事柄に属するものである。すなわち、㋐〜㋒の思い悩んで寝た夜々は過去の出来事として成立しているのだから、「……多き」は過去の夜々を思い返して回想している歌だと理解される（もちろん、今後も同じ状態が続くであろうという勢いは含意されるが）。ならば、一五六番歌の「寝《い》ねぬ夜《よ》ぞ多《おほ》き」も昔を回顧した表現と解してよかろう。

中西進『万葉集』（講談社文庫）は、一五六番歌の第三・四句を「已目耳矣得見乍共《イメノミニミエツツトモニ》」（夢のみに見えつつ共に）と訓んだ上で、「三輪山の神々しい神杉のようなあなた。夢ばかりに見えながら共寝せぬ夜の長かったことよ」（傍線筆者）と過去形で解釈する。おそらくこれは「甍時」とあるのを考慮に入れたもので、難訓箇所の訓読の仕方はともかく、「長かったことよ」という現代語訳には得心がいく。

以上、三首の「寝《ぬ》る夜《よ》しそ多《おほ》き」に限定して考察した。古代語のテンス（時制）に関する研究は、始まったばかりである。近年、動詞の基本形（助動詞の付かない形）のテンスについては、いくつかの論文が現れるようになったが、形容詞の基本形のテンスの方は論考も見当たらず、十分究明されていない現状にある。今後この方面の研究の進展が大いに期待される。

四　先行研究

「已具耳矣自得見監乍共」は、『万葉集』の中で屈指の難訓箇所と言われる。『西本願寺本』がイクニヲシトミケムツツトモ、『代匠記』がイクニヲシトミケムツツムタ（また一案としてイクニヲシトミミツツトモニ）の訓を付けるが、意味は通らない。以後の注釈書や研究書の類は以下に一覧するとおり、誤字を想定して訓むものが多い。

「已冥耳笑自得見監乍共《イメニノミミエケムナガラモ》」→『万葉集童蒙抄』
「已免乃美耳将見管本無《イメノミニミエツツモトナ》」→『万葉考』
「如是耳荷有得之監乍《カクノミニアリトシミツツ》」→『万葉集古義』
「已具耳之自影見盈乍《スギシヨリカゲニミエツツ》」→『万葉集檜嬬手』

「已《イ》目《メ》耳《ニ》矣《ヲ》自《シ》将《ミ》見《ム》監《ト》為《スレ》共《ドモ》」→『万葉集美夫君志』
「已《イ》賣《メ》耳《ニ》多《ダ》耳《ニ》将《ミ》見《ムトモ》念《ヘ》共《ドモ》」→『万葉集新考』
「已《コ》其《ゾ》耳《ノミ》矣《ヲ》自《イ》得《メ》見《ニハ》監《ミ》乍《ツツ》」→『万葉集全註釈』
「已《イ》目《メ》耳《ニ》谷《ダニ》将《ミ》見《ム》監《ト》為《スレ》共《ドモ》」→日本古典文学大系『万葉集』
「四《ヨ》其《ソ》耳《ノミ》矣自得見《ミ》監乍《ツツ》」→『万葉集注釈』
「已《イ》目《メ》耳《ノ》矣《ミ》自《ニ》得《ミ》見《エ》監乍《ツツ》共《トモニ》」「已《イ》目《メ》耳《ノミ》矣《ニ》自《オノ》得《レ》見《ミ》監《エ》乍《ツツ》」→『万葉難語難訓攷』（生田耕一）
「已《スデ》具《ニ》耳《キ》矣《キ》自《タダ》得《ニ》見《ミ》監《レ》乍《ト》共《モ》」→『万葉集難訓考』（伊丹末雄）
「已《イ》目《メ》耳《ノミ》矣《ニ》得《ミ》見《エ》乍《ツツ》共《トモニ》」→講談社文庫『万葉集』（中西進）
「巳《ミ》具《ソ》耳《ナル》矣《ヲ》自《オノ》得《ガト》見《ミ》監乍《ツ》共《ツ》」→『万葉集栞抄』（森重敏）
「已《ス》具《グ》耳《ノミ》矣《ヲ》自《シ》得《ト》見《ミ》監《ミ》乍《ツツ》共《モ》」→『万葉難訓歌の解読』（永井津記夫）

これらを通覧すると、第三句をイメ（夢）で訓み始めるものが目立つ。しかし、それは比喩の在り方から無理があると言わざるを得ない。その点について、辻憲男「高市皇子の歌」（前出）は、以下のように論じる（一七八～一七九頁）。

しかし第三句の句頭を「夢《いめ》」とするのは、上二句の三輪の神杉との緊密性を欠くきらいがある。神杉を「忌む―夢」の序とするのは迂遠であり、「夢《いめ》」のイと「斎《イ》む」を掛け詞とした場合、上二句の序は「ことごとしすぎる感がある」(『注釈』)のである。神杉の用例から推すに、上からの続きは、「味酒《うまさけ》を三輪の祝《はふり》が斎《いは》ふ杉」(4・七一二)、「み幣《ぬさ》取り神《みわ》の祝《はふり》が斎ふ杉原」(7・一四〇三)のように神杉の近寄り難く神聖なことか、あるいは、

神奈備《かむなび》の　神依《かみよ》り板に　する杉の　思ひも過ぎず　恋の繁きに(9・一七七三)

神奈備《かむなび》の　三諸《みもろ》の山に　斎《いは》ふ杉　思ひ過ぎめや　苔生《こけむ》すまでに(13・三二二八)

のように恋の過ぎ去り得ぬことを言うのだろう。結句の「寝ねぬ夜ぞ多き」への接続からすれば、ここは夢の逢いではなく、思い過ぎぬ嘆きを歌ったと考えるのが自然であろう。「杉—過ぎ」の序は、

石上《いそのかみ》　布留《ふる》の山なる　杉群の　思ひ過ぐべき　君ならなくに(3・四二二)

の挽歌の好例がある。ただしいずれも第三句に杉を出し、後三首の場合は第四句に「思ひ過ぐ」と承ける点が当該歌と相違する。

長々と引用したが、この解説は実例に即しており、説得的である。やはり、「みもろの三輪《みわ》の神杉《かむすぎ》」↓「夢《いめ》」は比喩として飛躍があり、首肯しかねる。

おわりに

本章の結論は、『万葉集注釈』の考えを基本的に踏襲し、それを押し進める形で導き出されたもので、訓は「四具耳羨《ヨソノミニ》（外のみに）自得共見監乍《アナウトミツツ》（あな憂と見つつ）」、解は「ただ遠く離れた所からアアつらいと思いながら」である。これは誤字や大胆な文字の移動といった複数の仮定の上に成り立つ説であるから、その点では今までに提出された諸説と五十歩百歩なのかも知れない。しかし、初句・第二句から第三句以下への展開が滑らかで、しかも意味の通る和歌表現としてあり得る句が出現するのであるから、ある程度の冒険（誤字や文字の移動）も難訓歌ゆえにやむなしと判断し、拙論を公表することにした。むろん、文献的証拠を提示しながら論述する態度は、一貫させたつもりである。

最後にまとめの意味で、自説で主張できるところを箇条書きに記して終えたい。

(1)「みもろの三輪《みわ》の神杉《かむすぎ》」から「外《よそ》のみに」への展開は、『続千載和歌集』に見える「よそにのみ三輪の神杉」の存在により、その正当性が認められること。

(2)「外《よそ》のみ」から「見」に続く歌が『万葉集』に一三首あり、その中で「見つつ」が六首と約半数を占めるところから、「みもろの三輪《みわ》の神杉外《かむすぎよそ》のみに……見つつ」の流れには無理がないこと。

(3)「自」字をアナと訓み得るのは、オノ（自）との母音交替によるもので、オノの訓をもつ「己」

字を『日本書紀』でアナと訓ませた確例があり、それと同様に理解できること。

(4)『万葉集』に〈感動詞アナ＋形容詞の語幹＋助詞ト〉の例が、『古今和歌集』に「あな憂と……」や「よそにのみあはれとぞ見し」の例が見えるので、「外《よそ》のみにあな憂《う》と見《み》つつ」の表現は十分考えられること。

(5)十市皇女と高市皇子は異母キョウダイの関係にあるにもかかわらず、政争（壬申の乱）により、離れ離れにならざるを得なかった、その嘆きを「あな憂《う》」に込め、それを「自得」と表記したと察せられること。

第六章　一六〇番歌の訓解

はじめに

燃火物《モユルヒモ》　取而《トリテ》裹而《ツツミテ》　福路庭《フクロニハ》　入燈不言八《イルトイハズヤ》　面智男雲　（万二・一六〇）

　これは天武天皇崩御の折に妻の持統天皇が詠んだ挽歌であるが、結句の「面智男雲」については、いくつか説があるものの、難訓箇所で定訓を見ない。そこで本章では、「面智男雲」の訓読と解釈について、新たな見解を提出したい。

なお、本来ならば先行研究にどのような説があるのかをまず紹介し、それらに検討を加え、問題点を明らかにした上で自説を述べるという順序で論を展開するのが普通であろうが、ここでは先に私見を披露し、その後で先行研究について言及する順で書き進めることを最初にお断りしておく。

一 「面智男雲」の訓み

まずは、「面」「智」「男」「雲」のそれぞれの文字が、『万葉集』においてどのように訓まれているのか、注釈書間で訓み方に問題のない例を挙げながら確認しよう。

「面」字については、オモと訓んだ例がある。

……面影《おもかげ》にして（面影為而）見ゆといふものを　（万三・三九六）

……はや帰りませ面変《おもがは》りせず（面変不為）　（万一二・三二一七）

「智」字に関しては、最後に考える。

「男」字には、ヲと訓む例が見られる。

……もののふの　八十伴《やそとも》の男《を》を（八十伴男乎）……　（万三・四七八）

……もころ男《を》に（如己男尓）　負けてはあらじと……　（万九・一八〇九）

「雲」字は、クモと訓まれる。

……照る月の　雲隠《くもがく》るごと（雲隠如）……　（万二・二〇七）

……天橋《あまばし》も　長くもがも（長雲鴨）……　（万一三・三二四五）

このように、『万葉集』におけるごくごく一般的な訓み方から、「面」字をオモ、「男」字をヲ、「雲」字をクモと訓み、結句七音のうちのオモ□□ヲクモの五音を確定する。

残った「智」字は、次のように音仮名チとして専用されている。

……こちごちの（己知其智乃）国のみ中ゆ……　（万三・三一九）

……佐保川《さほがは》に鳴くなる千鳥《ちどり》（鳴成智鳥）……　（万七・一二五一）

けれども、「面智男雲」をオモチヲクモと訓んでみたところで六音の字足らずであるし、しかも、意味をなさない。そこで、「面（オモ）」「男（ヲ）」「雲（クモ）」の三文字と同じように、「智」字も訓字で訓む可能性を探ってみたい。結論から言えば、「智」字はシルと訓むべきであると考える。そう訓む根拠は、平安末期の辞書『色葉字類抄』のシルの項目（『前田本』と『黒川本』の両本）に、「智」字が掲載されているからである。また、中国の後漢末の字書『釈名』にも、「智、知也」とあるように、「知」と「智」の字は、「知恵」と「智恵」、「知能」と「智能」、「知謀」と「智謀」、「才知」

と「才智」などのように、相互に通用する場合が少なくない。よって、「智」字はシルと訓むことができるだろう。

以上から、「面智男雲」はオモシルヲクモと訓めるという結論に達する。

二　オモシルの解釈

オモシルという言葉は、『万葉集』に次の二例が見える。

ⓐ如神《カミノゴト》　所聞滝之《キコユルタキノ》　白浪乃《シラナミノ》　面知《オモシル》君之《キミガ》　不所見《ミエヌ》比日《コノコロ》　（万一二・三〇一五）

ⓑ水茎之《ミヅクキノ》　崗乃《ヲカノ》田葛葉緒《クズハヲ》　吹変《フキカヘシ》　面知《オモシル》児等之《コラガ》　不見《ミエヌ》比鴨《コロカモ》　（万一二・三〇六八）

両歌共に第三句までは、第四句のオモシルを導く序詞。ⓐのオモシルについて、伊藤博『万葉集釈注』（集英社）は、その「釈文」のところで以下の解説を行う。

三〇一五は、

雷かと思うばかりに聞こえる滝の白波、その目に立つ白さのように、はっきりと顔を見知っているあの方が、いっこうに姿を見せない、このごろは。

の意。第四句の「面知る」がわかりにくい。『私注』に「馴れ親しんだの意であらう」とあるのは、結句「見えぬこのころ」との関係からはわかりやすい。けれども、下に、

みづ茎《くき》の　岡《をか》の葛葉《くずは》を　吹《ふ》きかへし　面《おも》知る子《こ》らが　見《み》えぬころかも（三〇六八）

という、男の側からの類想の歌があるのによれば、『考』に「面知とは常に見なるゝ人にもあらず、よそながら其面を相見知て目をくはせ、心を通はするをいふべし」とあるのが穏当であろう。顔をよく見知って思いを寄せてはいるが、じかに言葉を交わしたこともない男と、路上などでこのごろ逢う機会がないというのであろう。上二句の「雷のごと聞こゆる滝」というのは、その男のとどろく名声をにおわせているのかもしれない。せめて道で逢えることに満足し、逢えれば心をときめかせていた男女が、万葉の時代にもいたらしい。ひそかに思いを寄せる男を、「君」などと言い表わすだけで、相手を自分に寄せたような気分になっていたのであろう。

ほとんどの注釈書が、オモシルを右のように「顔をよく見て知っている」の意味でとっているが、それで果たして本当によいのだろうか。先に示したⓐとⓑの結句は、「見えぬこのころ」と「見えぬころかも」である。そこで、これと同じ句を含む歌を検索してみると、『万葉集』に計四首の短歌がある。

ⓒかきつはた佐紀沢《さきさは》に生《お》ふる菅《すが》の根の絶ゆとや君が見えぬこのころ（不所見頃者）

ⓓ新室《にひむろ》のこどきに至《いた》ればはだすすき穂《ほ》に出《で》し君が見えぬこのころ（見延奴己能許呂）
（万一二・三〇五二）

ⓔ春日野の山辺《やまへ》の道を恐《おそ》りなく通ひし君が見えぬころかも（不所見許呂香裳）
（万一四・三五〇六）

（万四・五一八）

ⓕ赤絹《あかぎぬ》の純裏《ひとうら》の衣《ころも》長く欲《ほ》り我が思ふ君が見えぬころかも（不所見比者鴨）
（万一二・二九七二）

これらを見ると、「見えぬこのころ」「見えぬころかも」は ⓐⓑ同様、皆結句に来ている。しかも、すべての例が「君が」を受けている。第四句までの内容は、ⓒ「菅《すが》の根の絶ゆとや君が（私との関係を切るつもりかあの方が）」、ⓓ「はだすすき穂《ほ》に出《で》し君が（仲を知られたあの方が）」、ⓔ「恐《おそ》りなく通ひし君が（恐れもせず通って来るあの方が）」、ⓕ「長く欲《ほ》り我が思ふ君が（関係が長くあれと思うあの方が）」であるから、四首すべてがすでに深い男女関係にあることは明白である。そうすると、ⓐⓑの歌の場合も単に道などで見かけただけの間柄と考えるわけにはゆくまい。

ところで、新編日本古典文学全集『万葉集』（小学館）は三〇一五番歌の頭注で、「面知る—その顔をはっきり記憶して忘れられない」と語釈し、一首全体を左のように口語訳する。

雷かと思うばかりに　聞える滝の　白波のように　はっきり目に浮ぶ君が　お見えにならないこのごろよ

けれども、「知る」から「はっきり記憶して忘れられない」（頭注）とか、「はっきり目に浮ぶ」（口語訳）などといった意味を導き出すのは相当に苦しいのではないか。ただし、オモシルの解釈の仕方としては、「面影が忘れられない」という意味が文脈的に最もしっくりすると考えられる。

そこで一案として、オモシルを従来の「面知る」ではなく、「面著」と考えてみるのはどうであろうか。このシルは、ク活用形容詞シルシ（著）の語幹部分と見なすのである。なお、ⓐⓑのオモシルのシルは「知」字で書かれているが、形容詞シルシ（著）のシルの部分を「知」字で書いた例が、左記のように『万葉集』に見えるので、その点は問題ない。

ⓖ大船《おほぶね》を荒海《あるみ》に漕ぎ出《い》でや船たけ我が見し児《こ》らがまみは著《しる》しも（目見者知之母）（万七・一二六六）

ⓗ神奈備《かむなび》の浅篠原《あさじのはら》の愛《うるは》しみ我が思ふ君が声の著《しる》けく（声之知家口）（万一一・二七七四）

ⓖの「まみは著《しる》しも」は、「目元がはっきりと浮かんで見えてくる」意。ⓗの「声の著《しる》けく」は、「声がはっきりと聞こえてくる」意。このように、シルシとは「はっきりと感じられる状態」を表す。ならば、オモシル（面著）は「面影がありありと眼前に浮かんでくる」という意味になろう。

これらを踏まえれば、ⓐの「白波」とⓑの「葛葉の裏の白さ」は、どちらも顕著に人目を引く比喩として、「相手の面影がはっきりと見えてくる」意を表すオモシル（面著）を導く序になっているのだと理解できる。それに、シロ（白）とシルシ（著）を同根（sir-）であると考える説もある。例えば、『古語大辞典』（小学館）のシルシ（著）の「語誌」には、「「知る」の活用という説（大言海）もあるが、むしろ「白《しろ》」と同源であろう」という記述が見える。もしそうだとすれば、ⓐⓑにおけるシロ（白）からシル（著）への転換は比喩としてもふさわしいものとなる。次の歌は、「白波の」がイチシロシ（著）の枕詞となっており、「白↓著」の適例になろう。

隠《こも》り沼《ぬ》の下《した》ゆ恋ひ余り白波の（志良奈美能）いちしろく（伊知之路久）出《い》でぬ人の知るべく

（万一七・三九三五）

また、ク活用形容詞イチシロシのシロを「白」字で表記した例もあり、これはシロ（白）とシル（著）の密接な関係を物語るものと言えよう。

梅の花それとも見えず降る雪のいちしろけむな（市白兼名）間使《まつか》ひ遣《や》らば　（万一〇・二三四四）

新編日本古典文学全集『万葉集』は右の歌の頭注において、「イチシロシは著《しる》シと同じく、明瞭だ、の意」と説明している。

ここで筆者は、オモシル（面著）を「顔をはっきりと憶えている」意に解する考えを提出したが、それとは逆の「面《おも》……忘れ」の例が東歌に二首見えるので、参考までに示そう。

ⓘ我《あ》が面《おも》の忘れむしだは国溢《はふ》り嶺《ね》に立つ雲を見つつ偲《しの》はせ　（万一四・三五一五）

ⓙ面形《おもかた》の忘れむしだは大野《おほの》ろにたなびく雲を見つつ偲《しの》はむ　（万一四・三五二〇）

ⓘは男の、ⓙは女の歌という違いはあるが、両歌ともに顔を忘れた時には雲を見て偲ぶと歌う。

三　ヲクモの解釈

続いて、ヲクモについて考える。

オモシルヲのヲは文字通り、「男」の意であると考える。『万葉集』におけるヲ（男）は、次のように上接する語を必ず伴って〈……ヲ（男）〉の形をとり、単独語形のヲ（男）の例は見当たらない。

……行きし荒男《あらを》ら（行之荒雄良）沖に袖振る　（万一六・三八六〇）

……山の猟男《さつを》に（山能佐都雄尓）あひにけるかも　（万二・二六七）

ますら男《を》の（健男之）思ひ乱れて……　（万一一・二三五四）

……ますら健男《たけを》に（麻須良多家乎尓）御酒《みき》奉《たてまつ》る　（万一九・四二六二）

……我を帰せりおそのみやび男《を》（於曽能風流士）（万二・一二六）

……もころ男《を》に（如己男尓）負けてはあらじと……（万九・一八〇九）

ならば、オモシルヲも〈名詞オモ（面）＋形容詞シルシの語幹シル（著）＋名詞ヲ（男）〉という語の構成になるから、『万葉集』に見られる〈……ヲ（男）〉の形に合致する。とりわけ、アラヲ（荒男）やマスラタケヲ（益ら健男）の例は、〈形容詞の語幹＋ヲ（男）〉であり、語の構成がオモシルヲ（面著男）と同じである。

それから、〈名詞＋形容詞の語幹＋名詞〉の例としては、次のようなものがある。

〈葉《は》＋広《びろ》＋斉《ゆ》つ真椿《まつばき》（波毘呂由都麻都婆岐）〉（記・歌謡五七）

〈草《くさ》＋深《ふか》＋百合《ゆり》（草深由利）〉（万七・一二五七）

現代語ならば、「足長おじさん」や「意地悪ばあさん」などが同じ語構成である。

ところで、『古事記』には単独のヲ（男・夫）の例が見える。それは后の須勢理毘売《すせりびめ》が、夫の大国主神のそばに寄り添い立って杯を差し上げて歌う場面である。

八千矛の　神の命や　我が大国主　汝《な》こそは　男《を》（遠）にいませば　打ち廻《み》る　島の崎々　掻き

廻る　磯の崎落ちず　若草の　妻《つま》持たせらめ　我はもよ　女《め》にしあれば　汝を除《き》て　夫《を》（遠）は
無し　汝を除《き》て　夫《つま》は無し……　（記・歌謡五）

この例のように、『古事記』にはヲ（男・夫）の独立用法がある。しかし、それが『万葉集』では複合語（……ヲ）となって必ず現れるのはなぜだろうか。山口佳紀「古事記歌謡の古語性について」（『東京大学国語研究室創設百周年記念・国語研究論集』汲古書院、一九九八年）は、その「はじめに」のところで、

> 古事記歌謡のことばは、同じ上代語と言っても、万葉集和歌などのことばと比べて、やや古い要素を残していると考えられる。このことは、従来からも指摘されているところであるが、古事記歌謡のことばを考える時に、十分考慮されなければならない点である。

と述べる。『古事記』でヲ（男・夫）は単独で用いられていたのに、『万葉集』では複合語の中にしか見えないのは、時代的な差と関係するのかも知れない。

結局、オモシルヲ（面著男）は、夫（天武）の面影がありありと思い出されて仕方がない妻（持統）の気持ちを吐露した表現と考えれば、理解しやすくなる。

それから天智天皇崩御の際に、倭姫皇后が「面影に見えて忘れられない」と悲しんだ歌があるが、

この「影に見えつつ忘らえぬ」はオモシルとほぼ同義と言ってよかろう。

人はよし思ひ止むとも玉かづら影に見えつつ忘らえぬかも　（万二・一四九）

さて、最後の「雲」字だが、これはクモと訓んで「来《く》も」の意を表すと考える。『万葉集』には、「雲」字を「来《く》も」に当てた例は無いけれども、以下のような借訓字としての表記例ならば、いくつか見出せる。

〈動詞の終止形＋助詞モ〉のクモ

……うぐひす鳴くも（鶯名雲）　（万一〇・一八二五）

〈形容詞の連用形＋助詞モ〉のクモ

……久しくもあらむ（久雲在）　（万一〇・一九〇二）

〈形容詞のク語法＋助詞モ〉のクモ

……良《よ》けくもそなき（吉雲曽無寸）……　（万二・二二〇）

中でも、〈動詞の終止形＋助詞モ〉の「鳴《な》くも」を「名雲《ナクモ》」と表記した例は、「来《く》も」も同じく〈動詞の終止形＋助詞モ〉であるから、これは「雲」字を利用して「来《く》も」を書く可能性を十分に示すものと言えよう。

それに、「雲（来《く》も）」と同様に、〈動詞＋付属語〉を一字の借訓字で表記した例もある。

〈サ変動詞のス（為）＋助動詞ム〉のセム

……妹《いも》をいかにせむ（妹乎奈何責）　（万四・六三二）

〈カ変動詞のク（来）＋助動詞ム〉のコメ

……なづみ来《こ》めやも（名積米八方）　（万一〇・一八一三）

そして、「来《く》も」は、『万葉集』に確実な例が二例ある。

ⓚ春霞井《はるかすみゐ》の上《へ》ゆ直《ただ》に道はあれど君に逢はむとたもとほり来《く》も（来毛）　（万七・一二五六）

ⓛ上野久路保《かみつけのくろほ》の嶺《ね》ろの葛葉《くずは》がたかなしけ児《こ》らにいや離《ざか》り来《く》も（久母）　（万一四・三四一二）

二首は一六〇番歌と同じく「……来《く》も」で終結しているが、ⓚは「遠回りして来ましたよ」、ⓛは「ますます遠ざかって来ましたよ」のように、いずれも詠嘆表現で解される。

さらに、出雲国の阿菩《あぼ》の大神《おほかみ》に対して敬語表現（マスなど）を用いずに、単に「来《こ》し（来た）」と歌う次の例があるところから、亡き天皇（夫）に「来《く》も」というのも差し支えないだろう。

香具山と耳梨山とあひし時立ちて見に来《こ》し（来之）印南国原《いなみくにはら》

（万一・一四）

以上から、オモシルヲクモは「面著男来も」で、「面影がありありと思い出されて仕方がない（面影が鮮明に目に焼きついてどうしても忘れられない）男（夫の天武）がやって来ましたよ」という意味になる。

四　一首の解釈と長歌との関係

燃ゆる火も取りて包みて袋には入《い》るといはずや面著男来《おもしるをく》も

（万二・一六〇）

一首の解釈は、「燃えている火も取って包んで袋に入るというではないか。（このように不可能と思えることでも可能にする術が世の中にあるのだから、ほら）面影がはっきりと思い出されて仕方がない（脳裏に焼きついてどうしても忘れられない）方（亡くなった夫の天武天皇）が、（奇跡が起こり）やって来ましたよ」となる。

初句から第四句までは、通常では到底考えられない超自然的な現象を歌っている。だから、それと同じように普通ではあり得ないことだが、亡くなった天皇が蘇って現れたのだよ、という関係でこの一首は成立していると理解される。

ところで、問題の一六〇番歌は、「天皇崩之時、大后御作歌一首（天武が崩御した時に、持統が作られた歌一首）」と題された、次に示す長歌の第一反歌に当たる。

やすみしし　我が大君の　夕されば　見《め》したまふらし（召賜良之）　明け来れば　問ひたまふらし（問賜良志）　神丘《かみをか》の　山の黄葉《もみち》を　今日《けふ》もかも　問ひたまはまし（問給麻思）　明日もかも　見《め》したまはまし（召賜万旨）　その山を　振り放《さ》け見つつ　夕されば　あやに哀《かな》しみ　明け来れば　うらさび暮らし　荒たへの　衣の袖は　乾《ふ》る時もなし　（万二・一五九）

長歌の前半部の「夕されば見《め》したまふらし明け来れば問ひたまふらし」は、ラシを用いることで、今も天武の御霊が確実に存在する表現の形をとっている。ところが、それに続く「今日もかも問ひたまはまし明日もかも見《め》したまはまし」の方は、マシを使用することで、もしも生きていたならばと歌う。この現在推量ラシと反実仮想マシを、前半と後半とで使い分けた点に関して、日本古典文学全集『万葉集』は頭注で次のように説明する。

ラシとマシの二種類の助動詞を使って、一方では霊魂の不滅を信じながらも、また現身としての天皇を思い描かずにはいられない大后（持統）の心情が、前後で分裂し、それが長歌の構造にそのまま反映している。

では、長歌との対応関係がどのようになっているのか、反歌二首を並べてみよう。

燃ゆる火も取りて包みて袋には入《い》るといはずや面著男来《おもしるをく》も　（万二・一六〇）

北山にたなびく雲の青雲の星離れ行き月を離れて　（万二・一六一）

第一反歌の方は、「面影がありありと目に浮かんで忘れられない夫が来ましたよ」という内容で、長歌の「……見《め》したまふらし……問ひたまふらし」の助動詞ラシ（確実に存在している気持ちの表現）に対応している。万葉人にとっては、死者の霊魂が実際に目に見える場合もあった。例えば、それは次の「御霊が行き来する様子が目には見えるのに、じかには会えない」と歌う例から、うかがい知ることができる。

青旗《あをはた》の木幡《こはた》の上を通ふとは目には見れども直《ただ》に逢はぬかも　（万二・一四八）

それが第二反歌では、「いよいよ雲が星や月を離れ去る、そのように天武は持統や皇子達を置いて去って行かれた」という内容で、こちらの方は長歌の「……問ひたまはまし……見《め》したまはまし」の助動詞マシ（去り行くことを受け入れて、もし生きていたらという表現）に対応し、第一反歌で現れた夫を、ついにとどめることができなくなったと悲しみ歌う。

要するに、霊魂がまだ近くにとどまって現れるのを信じている段階（第一反歌）と、いよいよ去り行く別れの段階（第二反歌）とを、長歌におけるラシとマシにそれぞれ照応させるべく、反歌二首は意図的に配置されたものと認められるのである。

それと、「面智男雲」の「雲」字は「来《く》も」を書くのに使用された借訓字であるが、おそらくこれは第二反歌の「雲」との関連で用いた表記者の文字選択に相違ない。またそれだけでなく、火葬の煙が雲のように漂うところから、死を暗示する働きや死者の霊魂をイメージさせる役割も、「雲」字には託されているはずである。それは、火葬の煙の漂うさまを「妹」に見立てて「いさよふ雲」と歌う、土形娘子《ひじかたのおとめ》を泊瀬《はつせ》山に火葬した時に柿本人麻呂が作った次の歌を見れば納得できる。


こもりくの泊瀬《はつせ》の山の山の際《ま》にいさよふ雲は妹にかもあらむ　（万三・四二八）

五　先行研究の検討

ここでは、一六〇番歌の結句に関する先行研究に検討を加えたい。

最初に、「男雲」をナクモと訓む説を列挙する（注釈書は代表的なものを一つ示すにとどめる）。

オモシルナクモ→契沖『万葉代匠記・初稿本』
オモシロナクモ→荷田信名『万葉集童蒙抄』
シルトイハナクモ→賀茂真淵『万葉考』
アフヨシナクモ→井上通泰『万葉集新考』
オモシラナクモ→武田祐吉『万葉集全註釈』

「男雲」をナクモと訓じるのが困難なことについては、稲岡耕二『万葉集全注』(有斐閣)が当該歌の【注】で、次のように記す。

男をナの仮名と見るのは、木下正俊「唇内韻尾の省略される場合」(万葉十号)に指摘するとおり、「南畝《ナモ》」(1・一八)、「南備《ナビ》」(9・一七七三)のように下接する音がMやBなどの子音である場合で、ナクモのようにK音の例はない。

また、澤瀉久孝『万葉集注釈』(中央公論社)も右の事実を紹介した後、次の点を加え、ナクモの訓に否定的な見解を示す。

……次にかりにナクモと訓むとしてもその語義にまた難がある。その「なく」を「等伎乃之良奈《トキノシラナ》久《ク》」（十五・三七四九）などの打消の助動詞「ぬ」の所謂延言とするならば、「なくも」はそれに詠歎の「も」を添へた事になる。しかしさういふ例は存在しない。「不相毛怜《アハナクモアヤシ》」（十一・二六四二《ママ》）の如きはあるが、それは今の場合と同じでない。「妹《イモ》毛《モ》有《アラ》勿《ナ》久《ク》尓《ニ》」（一・七五）の如く「なくに」の結びは夥しくあるが、「なくも」の結びはない。それならば「なく」を形容詞「無し」の連用形だとすればどうかといふに、これも「時《トキ》友《トモ》無《ナ》雲《クモ》戀《コヒ》度《ワタル》鴨《カモ》」（十一・二七〇四）の如き例はあるが、詠歎の「も」で結ぶ場合に「なくも」とする事は不合理でもあり、用例もない。即ちいづれの義にとるも「なくも」の語は認め難い。かうした用字例からも用語例からもナクモと訓むことは成立しない。むしろ今迄不問に過されてゐた事が迂闊であつたといふべきである。

以上の指摘から、「男雲」をナクモと訓むのは極めて難しいと判断されよう。

次に、「智」字をヒジリ（聖）と訓む説を取り上げる。

ヒジリヲノクモ→森重敏『万葉集栞抄』（和泉書院）

ヒジリヲクモ→永井津記夫『万葉難訓歌の解読』（和泉選書）

「智」字をヒジリと訓めるとするその理由は、「智」字を「知」字と「日」字とに分解した上で、「知日」を「日を知る」と見て、それが「日知り」になるからだと説く。しかし、これはいかにも苦しい説明であると言わざるを得ない。当然の疑問として、なぜヒジリを「聖」や「日知」と表記せずに、わざわざ「智」字で書かねばならなかったのかがわからない。また、ヒジリヲクモ説は六音の字足らずになるが、結句の字足らずは『万葉集』に例が無いので、その点からも認め難い。

なお、ヒジリと訓む説は結句を「智男雲」の三文字と見なすが、「智男雲」を結句と見る点は日本古典文学全集『万葉集』や新潮日本古典集成『万葉集』も同じで、「入燈不言八面」の「面」字までを第四句と考えて、第四句をイルトイハズヤモと字余りに訓む（が、結句の訓みは断念している）。結句は「智男雲」なのか、それとも「面智男雲」なのか、一体どちらなのだろうか。

澤瀉久孝『万葉集注釈』は、結句をヤモで歌い終える字余り（八音）の確実な例として、次の五首を挙げる。

楽浪《ささなみ》の志賀《しが》の大わだ淀《よど》むとも昔の人にまたも逢《あ》はめやも（亦母相目八毛）　（万一・三一）

今日今日《けふけふ》と我が待つ君は石川《いしかは》の貝《かひ》に交《ま》じりてありといはずやも（有登不言八方）　（万二・二二四）

こもりくの泊瀬娘子《はつせをとめ》が手に巻ける玉は乱れてありといはずやも（有不言八方）　（万三・四二四）

ま幸《さき》くて妹《いも》が斎《いは》はば沖つ波千重《ちへ》に立つとも障《さは》りあらめやも（佐波里安良米也母）　（万一五・三五八三）

ほととぎす今鳴かずして明日《あす》越えむ山に鳴くとも験《しるし》あらめやも（之流思安良米夜母）　（万一八・四〇五二）

そして、このようにヤモで終結する字余りの確例は計一八首あると報告する。それに対し、ヤモが第四句の句末に来る場合は次のように必ず七音になっていて、字余りとなる例は皆無であるという。

安騎《あき》の野に宿る旅人うちなびき眠《い》も寝《ぬ》らめやも（寐毛宿良目八方）古《いにしへ》思ふに　（万一・四六）

こういった事実に基づき、「入燈不言八面」を第四句と考え、イルトイハズヤモと字余りで訓むのには無理があると述べる。確かに、ヤモの出現する字余り句が第四句か結句か、という観点から判断するならば、第四句は『万葉集注釈』の説くとおり、「入燈不言八」とした方がよさそうだ。ところが、視点を変えてヤモのモを「面」字で書いた『万葉集』の計六例を見ると、今度は逆に「入燈不言八面」が第四句ではないかと思えてくる。

ま葛延《くずは》ふ夏野の繁くかく恋ひばまこと我が命常《つね》ならめやも（常有目八面）　（万一〇・一九八五）
我がやどの秋萩の上に置く露のいちしろくしも我恋ひめやも（吾恋目八面）　（万一〇・二二五五）
ま葛延《くずは》ふ小野の浅茅《あさぢ》を心ゆも人引かめやも（人引目八面）我がなけなくに　（万一一・二八三五）
我が背子《せこ》が来むと語りし夜は過ぎぬしゑやさらさらしこり来《こ》めやも（思許理来目八面）　（万一二・二八七〇）

あらたまの年の緒《を》長くかく恋ひばまこと我が命全《また》からめやも（全有目八面）（万一二・二八九一）
恋ひ恋ひて後《のち》も逢はむと慰《なぐさ》もる心しなくは生きてあらめやも（五十寸手有目八面）
（万一二・二九〇四）

これらの例を見ると、ヤモのモを「面」字で書く場合、ヤは必ず「八」字で表記されていることがわかる。それを根拠にして、永井津記夫『万葉難訓歌の解読』は、「用字の点からも「面」は「八」と結びつきやすいのである」（九六頁）と述べ、ここの第四句は「入燈不言八面」なのではないかと主張する。

しかしながら、「八面」と書かれた六例をよくよく見ると、全例が「目八面」の三文字でセットになっている。これは偶然だろうか。いやそうではないだろう。「面」字は「顔」の意を表すから、顔の中にある「目」と意識的に組み合わせたものと推察される（「八」字を中に挟んではいるが）。だとすると、一六〇番歌の「言八面」を認めてよいかどうかは慎重にならざるを得ない。なぜならば、イハズヤモの時は次のように、「言八方」と書かれているからである。

……ありといはずやも（有登不言八方）（万二・二一四）
……ありといはずやも（有不言八方）（万三・四二四）

また、右の二例が「……と……ずやも」という形式をとっているところから、佐佐木隆『上代語の構文と表記』（ひつじ書房）は、一六〇番歌について「……第四句を〈八〉字までと認定すれば、ほかの二首の「――と――ずやも」という構文例と一致しないことになるので、〈面〉字までと認定する方がよい」（三〇〇頁）と述べる。

以上を整理すると、(1)〜(3)にまとめられる。

(1) 結句字余りのヤモは多数あるのに、第四句字余りのヤモは見出せないこと。
(2)「面」字を用いたヤモは、必ず「目八面」表記になっていること。
(3)『万葉集』のズヤモの二例は、「……と……ずやも」の構文であること。

結句は、(1)(2)からは「面智男雲」、(3)からは「智男雲」とするのが妥当ということになる。結局、決定的なことは言えないが、(1)と(2)を重視して、「面智男雲」を結句とする方を本章では採用した。

次の説に移ろう。

アハムヒヲクモ→澤瀉久孝『万葉集注釈』

この訓を支持した稲岡耕二『万葉集全注』は、当該歌の【注】で採用した理由を以下のように述べている。

「男」は澤瀉注釈に言うとおりヲの訓仮名と見るのが至当であろう。「男雲」をヲクモと訓み「招くも」と解した注釈の訓も至当なものと思う。「面智男雲」を結句の七音に宛て、「男雲」をヲクモとするなら、「面智」は四音に読まれなければならない。オモシルとかメニツクなどと訓む説は男雲《ヲクモ》には続かないので否定されようし、第一「面智」の二字の訓として無理が目立つ。そうした訓に比べると、檜嬬手に「面智」を「面知日」の誤りと考え、「面知とは、逢見と云意の義訓なれば其の義を得て、面知日男雲《アハムヒナクモ》と訓べし」と記しているのは、すぐれた着想と言えよう。澤瀉注釈に檜嬬手の「面知日《アハムヒ》」と「男雲《ヲクモ》」を合わせ「逢はむ日招くも」という新訓を得て、「今は亡き天皇に再び謁見せむ日を招禱することよ」と解しているのは、檜嬬手説の修正案である。澤瀉氏自身が「逢はむ日」よりももっと直接端的な言葉であってほしいような気もすると付言しており、別訓もありうると思うが、現在考えられる最良の訓と思う。


「男雲」をヲクモ（招くも）と訓むのは問題ない。しかし、「智」字を「知日」の誤字と考え、本文を「面知日」に改めた上でアハムヒ（逢はむ日）と訓じるのは、いくら義訓だとは言っても表記と訓みとの間に相当の隔たりがあるし、助動詞ムに相当する文字もなく、飛躍があり過ぎると思う。

その後、『万葉集全注』で「別訓もありうると思うが、現在考えられる最良の訓と思う」と結んだ稲岡耕二は、アハムヒヲクモに代わる別訓を発表した。

アヒシヒヲクモ↓稲岡耕二「持統作歌と不可逆の時間」(『上智大学国文学科紀要』一五号、一九九八年三月)

この論文は、古写本間で一致している「面智男雲」を、『檜嬬手』の唱えた誤字説に従って「面知日男雲」に改めた上で、アヒシヒヲクモ(逢ひし日招くも)と訓み、「夫君天武と知りあった過去の日を、もう一度招き寄せたいと願った詞句と解される」と結論づける。

そして、一九九九年五月に刊行された『万葉の歌人と作品・第一巻』(和泉書院)所収の青木周平「持統天皇の天武天皇挽歌」は、稲岡論文を肯定的に受け止めて次のように記す(三〇二頁)。

「面」で切る可能性(安川芳樹「天武挽歌一六〇番歌における『雲』」『古典と民俗学論集』おうふう、平9)は認めつつも、一首の解釈を前提に考える時、稲岡耕二「持統作歌と不可逆の時間」(『上智大学国文学科紀要』15、平10・3)の論が説得力をもつ。

稲岡は、「男」を「ナ」と訓む可能性の少ないことを仮名表記の使用原則からも確認した上で、「アヒシヒヲクモ」と訓む。これは『注釈』訓の修正版であるが、「夫君天武と知りあった過去の日を、もう一度招き寄せたいと願った詞句」という解釈は、一五九歌の抒情性により近づく点も注目したい。

だが、ここで三つの疑問が生じる。

第一に、「面知日」をアヒシヒ（逢ひし日）と訓むのは、先に澤瀉説アハムヒ（逢はむ日）の訓みを受け入れられなかったのと同様に、表記と訓読の乖離が大きい。

第二に、「日を招く」が果たしてあり得る自然な表現かという点である。ヲク（招く）は、『万葉集』に五例見えるが、そのすべてが仮名書き表記のものである。

①正月《むつき》立《た》ち春の来《きた》らばかくしこそ梅を招《を》き（乎岐）つつ楽しき終《を》へめ　（万五・八一五）

②三冬継《みふゆつ》ぎ春は来《きた》れど梅の花君にしあらねば招《を》く（遠久）人もなし　（万一七・三九〇一）

③……さ馴《なら》へる　鷹《たか》はなけむと　心には　思ひ誇りて　笑《ゑ》まひつつ　渡る間《あひだ》に　狂《たぶ》れたる　醜《しこ》つ翁《おきな》の
言《こと》だにも　我には告《つ》げず　との曇《ぐも》り　雨の降る日を　鳥狩《とがり》すと　名のみを告りて　三島野《みしまの》を
そがひに見つつ　二上《ふたがみ》の　山飛び越えて　雲隠《くもがく》り　翔《かけ》り去《い》にきと　帰り来《き》て　しはぶれ告《つ》ぐれ
招《を》く（呼久）よしの　そこになければ……　（万一七・四〇一一）

④春のうちの楽しき終《を》へは梅の花手折り招《を》き（乎伎）つつ遊ぶにあるべし　（万一九・四一七四）

⑤月立ちし日より招《を》き（乎伎）つつうち偲《じの》ひ待てど来鳴かぬほととぎすかも　（万一九・四一九六）

①②④の例は梅を擬人化して「招き迎える」意で、③は逃げた鷹を「招き寄せる」意で、⑤はなかなか来ないホトトギスを「招き寄せる」意で、ヲクは用いられている。つまり、ヲクは「生物（人や動植物）を招く」という用例に限定されているのである。文献上、「日招《ひを》く（日を招き迎える、日を招き寄せる）」といった例は無く、また表現としても不自然であるように思われる。よって、ヒヲクモ（日招くも）は目的語と述語との関係から考えにくい。

第三に、〈動詞終止形＋終助詞モ〉は、「……よ」「……だなぁ」という詠嘆や感動の気持ちを表すものだが、なぜ「招くも」が「招き寄せたい」の意味になるのか、説明のほしいところである。例えば、次の「鳴くも」は「鳴くことだなぁ」であって、「鳴いてほしい」の意にはならない。

春の野に霞たなびきうら悲しこの夕影にうぐひす鳴くも（奈久母）　（万一九・四二九〇）

したがって、アヒシヒヲクモ説には賛成しかねる。

最後に、訓み方は私見と同じオモシルヲクモで、「面知るを雲」と解釈する説を見る。

オモシルヲクモ→中西進『万葉集』（講談社文庫）

中西進は「面智男雲《オモシルヲクモ》」と訓んで、一首を次のように現代語訳する。

あの燃えさかる火とて取って包んで袋に入れると言うではないか。御姿を知っているものを、雲よ。

そして、脚注で次のように解説する。

第五句古来難訓。あるいは男雲女雲（白雲と青雲）の称があったか。いずれにせよ次作と合わせて雲に霊魂を包みとどめるべく呼びかけた歌と見える。「智」は訓に用いた例はないが、「福路」「向南山」とここの用字は異様なものが多い。二首とも陰陽師による代作、その思想によるもの。

この説が成り立つためには、いくつか論証しなければならないことがある。まず、雲が御姿を知っていて霊魂を包みとどめる、という見方の傍証となる例はあるのか。それに、「男雲女雲（白雲と青雲）の称があったか」というが、何がそれを保証するのか。さらに、「面知るを雲」と同様の〈動詞連体形＋助詞ヲ＋名詞〉でもって、「……ものを……よ」と呼びかける表現例はあるのだろうか。

このように、先行研究の訓みと解釈は、それぞれ何かしらの問題を抱えているのである。

おわりに

従来の結句の解釈は、亡くなった天武にはどうしても逢えないと考えるものが多かった。例えば、新編日本古典文学全集『万葉集』は一六〇番歌の頭注で次のように記す。

……以上四句は、不可能と思えることさえも可能にする不思議な方術さえあるというではないか、それなのに崩御した天皇を復活蘇生させることができなくて残念だという気持を表すのであろう。

また、伊藤博『万葉集釈注』も左のように説明する。

第一首の結句「智男雲」には定訓がない。それで、かりに第一~四句だけの意を通せば、燃えさかる火さえも手に取って袋に包み入れることができるというではないか。(一六〇)

という意になる。とすれば、結句は、

なのに、どうして生き返ってほしいという自分の願いはかなえられないのか。

のような意かと察せられる。しかし、それに対応する訓が浮かばない。いずれにしても、上の四句は、そのような方術が当時あったことに基づく表現であろう。

私見はすでに述べたとおり、「袋に入るはずのない火でも入るというではないか。（そんな不思議な奇跡的なことが可能となるのだから、同じように普通では考えられないことが起こるのですよ、ほら）面影がありありと浮かんで忘れられない亡き夫がやって来ましたよ」で、天武が存在している歌い方になる。

そして、これは繰り返しになるが、長歌の冒頭部分の「夕されば見《め》したまふらし（夕方になるときっと御覧になっているに違いない）」と「明け来れば問ひたまふらし（明け方になるときっとお尋ねになっているに違いない）」に、第一反歌は見事に対応しているのである。

要するに、崩じられた天皇が通って来ているのだという強い思いを反歌でも歌うがために、奇跡の実現をその前提に設定したのであろう。しかも、不思議な術が本当にある事実を、「入《い》るといはずや（入れるというではないか）」という反語表現で、確認させる形で言い切った後に、「亡夫が来ているのですよ」と確信的に歌うのである。現実はそうでないとしても。

逆に「火は袋に入らない」ならば、「（そのように奇跡は起こらず）亡き夫にも会えない」となるのが自然なつながりであろう。わざわざ無理だと思われることができるではないかと歌う以上は、不可能が可能となるのだ、となるはずであって、むしろその方が首尾一貫した順当な続き方だと思う。

本章の結論、オモシルヲクモは文字に即した素直な訓み方で、なおかつ「面著《おもしる》」も「男《を》」も「来《く》も」も、『万葉集』に見える言葉である。しかも、長歌と反歌の間の関係を見ても妥当な解釈になると考えられる。

第七章　六五五番歌の訓解

はじめに

不念乎《オモハヌヲ》　思常云者《オモフトイハバ》　天地之《アメツチノ》　神祇毛知寒《カミモシラサム》　邑礼左変　（万四・六五五）

この歌は、『万葉集』の巻四に採録されている「大伴宿禰《おほとものすくね》駿河《するが》麻呂《まろ》の歌三首」の第三首であるが、結句の「邑礼左変」の訓み方については、木下正俊『万葉集全注』（有斐閣）が当該歌の「注」で次のように記述するとおり、難訓箇所で定訓がない。

○邑礼左変　難訓。「イヲレサカヘリ」（元赭）、「イヲレサハカリ」（紀）、「サトレサカハリ」（西）、「巴礼左変《トマレカクマレ》」（童）、「哥飼名斎《ウタガフナユメ》」（考）、「言借名斎《イフカルナユメ》」（古義）、「邑礼左変《サトヤシロサヘ》」（全註釈改造社版）、「邑礼《サトノカ》左変《ミサヘ》」（同角川書店版）などの説があるが、いずれも意を得難いか、恣意に過ぎて信を置き得ない。

つまり、現状はこうである。

まず、古写本に見える「邑礼左変」という表記のままで訓む場合には、『元暦校本』のイヲレサカヘリ、『紀州本』のイヲレサハカリ、『西本願寺本』のサトレサカハリのように、ただ訓んだというだけで、意味が全然とれない。

一方、誤字を想定して訓んだものは、『万葉考』の「哥飼《ウタガフ》名《ナ》斎《ユメ》（決して疑うな）」とか、『万葉集古義』の「言借《イフカル》名《ナ》斎《ユメ》（決して不審に思うな）」のように一応歌意はとれる。しかし、誤字の可能性を十分検証することなく、「邑礼左変」の四文字すべてを恣意的に書き換えてしまったために支持を得られなかった。

また、『万葉童蒙抄』の「巴《トマ》礼《レ》左変《カクマレ》」は誤字を「巴」の一文字に限ったが、文字と訓みの間に距離があり、納得しかねる。

そして、『万葉集全註釈』の「邑《サト》礼《ヤシロ》左《サ》変《ヘ》」と「邑《サト》礼《ノカミ》左《サ》変《ヘ》」は誤字を考えない点はよい。ただし、「礼」字をヤシロやカミで訓むのは苦しく、なおかつ副助詞サへのへを「変」字で表記したと考えるところにも無理（理由は「一」で言及する）があって、承認できない。

本章では、「邑礼左変」に対する新たな訓みを提出し、一首全体の解釈について私見を述べる。

一　「左変」はサカフ

論述の都合上、まず、「邑礼左変」の下二文字「左変」の訓み方から考えていきたい。

「左」字は音仮名サとして、『万葉集』に六百余りの使用例があり、問題の六五五番歌に続く次の歌にも、ナグサ（慰）のサを表記した例が見える。

……言《こと》のなぐさそ（言乃名具左曽）　（万四・六五六）

したがって、「左」字をサと訓む。

次に、「変」字だが、これを音仮名へに使用した例は、『万葉集』に皆無である。また、この「変」字は、当時の中国語の原字音に照らして見た場合、上代特殊仮名遣いのへの乙類音節に当てる文字としては、ふさわしくないことが明らかになっている。よって、「左変」を助詞のサへで訓じるのは、サへのへが乙類であるという点から困難と判断される。

そうすると、「邑礼左変《サトヤシロサヘ》」（全註釈改造社版）とか、「邑礼左変《サトノカミサヘ》」（同角川書店版）のようにサへと訓むのは万葉仮名の仮名遣いの上から抵触することになる。結局、「変」字は訓仮名として訓む方向で、考えざるを得ない。

そこで、平安末期の漢和辞書『類聚名義抄』を見ると、「変」字にはカフの訓が付されている。ならば、「左変」はサカフと訓める。サカフ（境・界）とは、「間に境界線を置いて、境をつける・分け隔てる・区画する」という意味を表す四段他動詞である。このサカフの語源は次のように考えられている。

『時代別国語大辞典・上代編』（三省堂）→境界の意のサカの動詞化したものか
『古語大辞典』（小学館）→動詞「さ（裂）く」の未然形「さか」＋接尾語「ふ」

そして、『古語大辞典』の「さか【境・界】〔名詞〕」の項目の「語誌」には、以下の解説がある。

境界の意の「さか」は奈良時代すでに古語化していて、複合語の中に残るだけである。表記も「海坂（うなさか）」〈記・上・火遠理命〉、「黄泉比良坂（よもつひらさか）」〈記・上・伊邪那岐伊邪那美〉のように「坂」の字を当てている。ただし、境の「さか」と坂の「さか」とは同源で、さらに、「つ（築）く」—「つか（塚）」などの類例から「さ（裂）く」と同源かといわれる。これを動詞化したものが「さかふ」、それの名詞形が「さかひ」で、これが一般化して、坂の意の「さか」と区別して用いられるようになったものと思われる。

［漆原直道］

サカフは一字一音の仮名書きではないけれども、『万葉集』に連用形サカヒとして、その訓み方にまったく問題のないものが一例見られる。

大君の境《さか》ひたまふと（界賜跡）山守《やまもり》据《す》ゑ守《も》るといふ山に入《い》らずは止《や》まじ（万六・九五〇）

右の「大君の境ひたまふと……」は、「大君が境界をお決めになると……」と解釈される。ここに使用された「界」字を、『類聚名義抄』で調べると、動詞サカフと名詞サカヒの二つの訓が付けられている。なお、『万葉集』には動詞のサカフだけでなく、「境」や「界」の文字で表記された「境界」を意味する名詞のサカヒも、それぞれ一例ずつあるので挙げておく。

……唐《もろこし》の　遠きさかひに（遠境尓）……（万五・八九四）

……遠《とほ》つ国　黄泉《よみ》のさかひに（黄泉乃界丹）……（万九・一八〇四）

ここでは、「左変」をサカフと訓めること、『万葉集』に動詞のサカフや名詞のサカヒの例が存すること、の二点を確認した。

二　「邑」はクニ

続いて、「邑」字の訓み方を考えよう。

「邑」字は『万葉集』の歌の表記には例が無く、人名を表記する際のオホ（呉音に対応）に当てられた左注と題詞における次の二例があるのみ。

邑知王《オホチノオホキミ》　（万一七・三九二六〔左注〕）
邑婆《オホバ》　（万二〇・四四三九〔題詞〕）

そこで、紀元百年頃に成立した中国現存最古の字書『説文解字』で、「邑」字を調べると、「邑、國也」とある。また、『類聚名義抄』の「邑」字にはムラやサトと並んで、クニの訓が載っている。これらを根拠として、「邑」字をクニと訓むことにする。

そして、これは考え得る訓の一つとして可能なだけではなく、問題の句を解釈する上で極めて重要な意味をもつ。なぜなら、「国の境をつけ、分け隔てる」という意味を表す「国（を）境《さか》ふ」という言い方が、文献の上で確かめられるからで、この事実は見逃せない。

昔、丹波と播磨と国を堺《さか》ひし時に……　（播磨風土記・託賀郡）

……三国をさかふ富士のしば山　（玉葉・一一六六）

……七の道の国さかふらし　（新拾遺・一四二一）

すなわち、「邑」字をクニと訓読すれば、「一」で検討済みの動詞サカフとの組み合わせにより、「邑……左変→クニ……サカフ」の表現が、見事に成立するのである。

それに、「国の境」という連語もあるので、一瞥しておく。

常陸《ひたち》・下総《しもつふさ》二つの国の堺《さかひ》なり　（常陸風土記・香島郡）

国のさかひの内は　（土佐日記・一月九日）

また、「一」のところで例を示した、『万葉集』の「唐の遠き境に」や「遠つ国黄泉の境に」の場合も、サカヒはクニとの関連でやはり使われていた。加えて、『類聚名義抄』で「邦」字を調べると、クニとサカヒの両訓が記載されている。これなどは、クニとサカヒが互いに密接な関係にあることを示唆する、何よりの証拠と言えよう。「境界線で囲まれた領域」がそもそもクニ（国）なのだから、クニが動詞サカフや名詞サカヒと呼応するのは必然の帰結として理解できる。

以上を考慮すれば、「邑」字にはムラやサトの訓の可能性もあるが、サカフとの対応関係からクニの訓の方を選択すべきだ、という結論に達する。

三　「礼」はコソ

では、最後に残った「礼」字の訓み方を考える。考え方は二通りあるが、結論はいずれの場合も係助詞コソで訓むことになる。

まず、「第一の考え方」について説明する。この考えは、係助詞コソを書く際に「社」字が用いられるのと同様の理由で、「礼」字も係助詞コソを表記できる、と認定するものである。

上代には動詞の連用形に付いて、「……してくれ・……してほしい」と他に誂え望む意味を表す終助詞のコソがあった。『万葉集』には、「欲（六例）」「乞（九例）」「社（一〇例）」の各文字で終助詞コソを書いた例が見られる。今、それぞれの例を一つずつ示そう。

いで我が駒《こま》早く行きこそ（早去欲）真土山《まつちやま》待つらむ妹を行きてはや見む　（万一二・三一五四）
我が背子《せこ》は相思《あひおも》はずともしきたへの君が枕は夢《いめ》に見えこそ（夢所見乞）　（万四・六一五）
明《あ》け闇《ぐれ》の朝霧隠《あさぎりごも》り鳴きて行く雁《かり》は我が恋妹に告げこそ（於妹告社）　（万一〇・二一二九）

『類聚名義抄』でこれら三文字の訓を調べてみると、「欲」にはネガフ、「乞」にはコフ、「社」にはイノルの訓が見え、どれも「神仏などに祈り願う」という似通った意味をもっていることがわかる。だから、「欲」「乞」「社」の三文字は、希望（……してくれ・……してほしい）の意味を表すコソに当てられたのである。

ところが、三文字の中でさらにそれが希望の意を表す終助詞コソと同音の、係助詞コソを表記する場合にも使用されている文字はというと、それは次の例のように「社」の一字に限られる。

……浦なしと　人こそ見らめ（人社見良目）……　（万二・一三一）

「欲」と「乞」の二字には、右の「社」字のように係助詞コソに当てられた例が、まったく見出せない。なぜ、「欲」と「乞」の二字は係助詞コソに一例も用いられなかったのだろうか。それは、両文字の表す希望の意味合いの強さに、おそらく原因があるのだと思う。その証拠として、『万葉集』には、「欲」字でもって形容詞の「欲し」を、「乞」字でもって動詞の「乞ふ」を表記した例がある。

……ねもころ見まく欲《ほ》しき君かも（欲君可聞）　（万四・五八〇）

……みどり子の　乞《こ》ひ泣くごとに（乞泣毎）……　（万二・二一〇）

「欲」「乞」の文字は、本来の字義から希望の終助詞コソを表記する際には何ら抵抗無く使われた。

ところが、同音の係助詞コソを表記するには、希望の意味合いが強く出過ぎるために転用されなかったと考えられる。つまり、「欲」「乞」の文字は係助詞コソとして受け取られにくく、誤読の危険性があるために、使用されなかったのであろう。

それに対して、「社」字の方は『類聚名義抄』に載っているモリ・ヤシロが基本的な訓で、『万葉集』にも用例が見える。

……うち越えて　名に負《お》へる社《もり》に（名二負有社尓）　風祭《かざまつ》りせな　（万九・一七五一）

……ちはやぶる神の社《やしろ》に（神之社尓）……　（万四・五五八）

要するに、「社」字の場合は、神仏にお願いする場所そのものを表すモリ・ヤシロの方が本来的な訓であって、それが希望の終助詞コソに当てられたのは、社はお祈りをする場所だから希望のコソに当てられたのであり、これはむしろ「社」字の拡大用法と考えられる。それがさらに、希望の意味を担わない係助詞コソを表記する際にも利用されるようになったのは、「社」字のもつ希望の意味合いが、「欲」や「乞」の文字に比べて非常に弱く、ほとんど感じられなかったからに相違ない。そういう理由で、「社」字は係助詞コソへの表音記号化、すなわち、希望のコソから同音の係助詞コソへの転用（用法の拡大化）がスムーズ（円滑）に進んだものと推察される。

さて、ここで問題の「邑礼左変」の「礼」字を『類聚名義抄』で調べると、イノル・ヲガムの訓が見える。よって、「礼」字にも「欲」「乞」「社」の三文字と同様、「神仏などに祈り願う」という意味が認められる。そうすると、「礼」字を希望の終助詞コソに用いることがあったとしてもおかしくない。それに「礼」字の本義は、「守り行うべき作法や儀式・敬意や謝意を表すこと」にあり、希望を表す意味合いは「社」字の場合と同じく、極めて消極的であるから、係助詞コソで訓むことにも特に抵触せず、これは理論的に成り立つ考えだと思う。

右のように考えた場合、「礼」字をコソに当てた例が、『万葉集』に無いのが難点となる。しかし、『万葉集』の中には唯一それだけという孤立した表記例が少なからず存在する。例えば、次の「最」字をトホキと訓ませる例が、それである。

うちなびく春さり来《く》らし山の際《ま》の遠《とほ》き木末《こぬれ》の(最木末乃)咲き行く見れば　(万一〇・一八六五)

傍線部の「最」字の訓み方に関して、日本古典文学大系『万葉集』(岩波書店)は当該歌の頭注で、次のように解説する。

遠き木末の—原文、最木末乃。最は広韻に極也とあり、極は名義抄に、イタル・カギリなどの訓とともに高・遠などと注してある。また、巻八、一四二二にこれとほぼ同じ歌があり、「遠木末乃」とある。よって「最」をトホキと訓む。

また、次の結句「亮左」をサヤケサと訓む例も、『万葉集』の中では唯一の例だが、新編日本古典文学全集『万葉集』（小学館）は、その頭注で、「声のさやけさ—サヤケシの原文の「亮」は、『新撰字鏡』に「朗也」とある」と説明する。

このころの秋の朝明《あさけ》に霧隠《きりごも》り妻呼ぶ鹿の声のさやけさ（音之亮左）　（万一〇・二一四一）

このように、しかるべき理由があって、トホキに「最」字を当てたり、サヤケに「亮」字を当てた特別な表記もあるので、「礼」字をコソと訓んだ例が『万葉集』に見当たらないことは、それほどの障害にはならないだろう。すでに論じたとおり、字義の点からコソと訓み得る根拠があるのだから。ここでは「第一の考え方」として、「礼」字は、「社」字が係助詞コソに使用されるのと同じ理由でもって、コソと訓める可能性を指摘した。

四　「礼」は「社」の誤字でコソ

次いで、「第二の考え方」について述べよう。この考えは、『万葉集』の中に「社」字を係助詞コソで訓んだ例が数多く見られるところから、「社→礼」の誤写を想定して、つまり、本文を「社」字に改めてコソと訓むものである。それは以下の根拠に基づく。

現存諸本はいずれも「礼」字で書写されている。だが、「礼」字と「社」字は誤写の範囲内に十分入る字形であると判断される。現に、次点本（仙覚による新点よりも前に付けられた訓点本で、資料的価値の高い古写本）に属する『紀州本』に書かれた「邑礼左変」の「礼」字は、「社」字と類似しているので見てほしい。

また、同じく次点本の『元暦校本』にも、「社」字と「礼」字で似通った字形が見えるので、次に示そう。

「社」字（万七・一三四四）

「礼」字（万四・五六〇）

このように、両字は行書体になると、近似していることがわかる。

それでは、『万葉集』の古写本の他の箇所に、「社→礼」の誤写の例が実際に存在するのかというと、次点本の『類聚古集』に見出せる。

明日《あす》香川《かがは》七瀬《ななせ》の淀《よど》に住む鳥も心あれこそ（意有社）波立てざらめ　（万七・一三六六）

右の「社」字は、『類聚古集』では左のようになっている。

見てのとおり、写し間違えた「礼」字を見せ消ち（写本などで消した文字が読めるように消すやり方）

にして、その右側に「社」字を新たに書き加え、訂正している。これは「礼」字と「社」字の誤写の実例として貴重である。

さらに、「社」字を係助詞のコソに用いた例が、問題の六五五番歌と同じ巻四に、計八例見えるので挙げておこう。

一日《ひとひ》こそ（一日社）人も待ち良き……　（万四・四八四）

……生《い》ける日のためこそ妹を（為社妹乎）見まく欲《ほ》りすれ　（万四・五六〇）

……櫛笥《くしげ》の内の玉こそ思ほゆれ（珠社所念）　（万四・六三五）

……人の言《こと》こそ（人之事社）繁《しげ》き君にあれ　（万四・六四七）

……逢ひて後《のち》こそ（相而後社）悔《く》いにはありといへ　（万四・六七四）

……絶えずて人を見まく欲《ほ》りこそ（欲見社）　（万四・七〇四）

……君が名立たば惜《を》しみこそ泣け（惜社泣）　（万四・七三一）

……思へこそ（念社）死ぬべきものを今日までも生《い》けれ　（万四・七三九）

これらを勘案するならば、「社→礼」の誤写を考えるのも、あながち無理なことではない。コピー機などを用いない人間の直接の手作業だから、写し継がれていく過程で写し誤りが生じることは避け難い。古写本には誤字がつきものだ。いくつか例を示そう。

ⓐ降る雪はあはにな降りそ吉隠《よなばり》の猪養《ゐかひ》の岡の寒からまくに（寒有巻尒）　（万二・二〇三）

ⓑみさご居る荒磯《ありそ》に生《お》ふるなのりそのよし名は告《の》らせ（吉名者告世）親は知るとも

ⓒ言清《こときよ》くいたくもな言ひそ一日《ひとひ》だに君いしなくは堪へ難《がた》きかも（痛寸敢物）　（万三・三六三）

　（万四・五三七）

ⓓ韓衣《からころも》着《き》奈良《なら》の里のつま松に（嬬待尒）玉をし付けむ良き人もがも　（万六・九五二）

傍線を引いた各文字は、ⓐ「塞」を「寒」に・「為」を「有」に、ⓑ「告」を「吉」に、ⓒ「取」を「敢」に、ⓓ「嶋」を「嬬」に、それぞれ改正されたものだ。次に、新編日本古典文学全集『万葉集』の各頭注の記述を引用してみる。

ⓐ寒からまくに―寒カラマクは寒クアラムのク語法。原文は底本など大部分の古写本に「塞為巻尒」とあるが、金沢本のみ「寒為…」とある。訓は金沢本を含めた全古写本に「せきに…」と読んでいるが、訓が必ずしも漢字本文に忠実でなく独走し、やがて古写本筆者がその訓に合わせて本文を捏造することが少なくない（解説四一七ページ）。ここも「寒」を原本の姿と認める。ただし、「為」は草体が「有」のそれに近く相互に誤りやすいため、「有」の誤字とする説に従う。

ⓑよし名は告らせ―原文「告名者告世」の上の「告」は「吉」の誤りとする『万葉集略解』の説に

よる。
ⓒ堪へ難きかも―原文には「痛寸取物」とあるが、「痛寸」は『名義抄』に「痛、タヘカタシ」とあり、「取」は「敢」の誤りとして「敢物」をカモと読む説による。
ⓓつま松に―このツマは性別に関係なく配偶をいい、それを待つ意で同音の松にかける序詞的用法。原文に「嶋松」とあるが、「嶋」を「嬬」の誤りとする佐竹昭広説による。

このように、『万葉集』には誤字と認められる文字がある。現存する古写本でどうしても訓めない場合、それが根拠のある合理的な誤字説であるならば、最終的な手段として採用することがあってもよいと考える。

こうしてみると、「社→礼」の誤写を想定した上で、係助詞コソで訓む「第二の考え方」も十分に成立するだろう。

以上、「三」と「四」で二通りの考え方を示した。「邑礼左変」の二文字目は、「礼」字のままでも、「礼」を「社」の誤字と見なした場合でも、どちらも同じ係助詞コソで訓み得るという結論に変わりはない。

五　クニコソサカへ

ここでは、「左変」表記から導かれる動詞サカフの活用形について確かめておきたい。
サカフは四段動詞なので、その活用の仕方はサカハ（未然形）・サカヒ（連用形）・サカフ（終止形）・サカフ（連体形）・サカへ（已然形）・サカへ（命令形）である。ただし、語頭のサは「左」字によってすでに表記されている。したがって、そのサに「変」字の表す下二段動詞カフの活用形、カへ（未然形）・カへ（連用形）・カフ（終止形）・カフル（連体形）・カフレ（已然形）・カへヨ（命令形）を、付け加えて考えることになる。この組み合わせの中で、上代語の文法や音韻に背反しない語形は何かというと、それは次のサカフ（終止形）・サカフ（連体形）・サカへ（已然形）の三つの活用形に絞られる。

サ＋カフ（「変ふ」の終止形）の組み合わせ⟶サカフ（「境ふ」の終止形）
サ＋カフ（「変ふ」の終止形）の組み合わせ⟶サカフ（「境ふ」の連体形）
サ＋カへ（「変ふ」の未然形もしくは連用形）の組み合わせ⟶サカへ（「境ふ」の已然形）

なお、命令形サカへ（境）のへは上代特殊仮名遣いの甲類のへであるのに対し、カフ（変）の未然形カヘおよび連用形カヘはどちらも乙類のヘである。よって、命令形サカヘは甲乙の点から仮名違いとなってしまうので、除外される。一方、已然形サカヘの場合には乙類のヘであるから、仮名遣いの点で矛盾しない。

そうすると、「左変」は「国こそ」の係助詞コソの結びになるので、已然形サカヘで訓まれることになる。そして、それは今確認したとおり、上代特殊仮名遣いの点からも妥当なものとなる。

しかも、このサカヘ〈左《サ》＋変《カヘ》〉と同様の〈借音仮名＋借訓仮名〉で表記された語には以下のような実例がある。また、それは『万葉集』の正訓字表記を主体とする諸巻にわたって見られるので、それほど特殊な表記ではない（問題の六五五番歌と同じ巻四にも見える）。

紫〈武良《ムラ》＋前《サキ》〉野行《ゆ》き（万一・二〇）
なづみ〈奈《ナ》＋積《ヅミ》〉来《こ》し（万二・二一三）
網代〈阿《ア》＋白《ジロ》〉木に（万三・二六四）
わびしみ〈和《ワ》備《ビ》＋染《シミ》〉せむと（万四・六四一）
潮干《しほひ》のなごり〈奈《ナ》＋凝《ゴリ》〉（万六・九七六）
神《かむ》さぶる〈左《サ》＋振《ブル》〉（万七・一一三〇）
声なつかしき〈奈《ナ》都《ツ》＋炊《カシキ》〉（万八・一四四七）
すがる〈須《ス》＋軽《ガル》〉娘子《をとめ》の（万九・一七三八）

しなひ〈四《シ》＋搓《ナヒ》〉にあるらむ（万一〇・二二八四）

くくり〈久《ク》＋栗《クリ》〉寄せつつ（万一一・二七九〇）

夜はすがら〈須《ス》＋柄《ガラ》〉に（万一三・三二七〇）

結論として、「邑礼左変」もしくは誤字を一字想定した「邑社左変」は、「国こそ境へ」と訓読することができる。

そして、『万葉集』では「コソ……已然形」で言い切りになる語句の多くが逆接確定条件句を構成する。そのことについては、大野晋『係り結びの研究』（岩波書店）が次のごとく歌例を挙げ、歌意を示して、指摘する（一〇四〜一〇五頁）とおりである。

昔こそよそにも見しか吾妹子が奥つ城《き》と思へば愛《は》しき佐保山（万葉四七四）

（昔コソ縁ガナイト見タケレド、妻ノ墓所ト思ウトイトシイ佐保山デアル）

玉藻こそ引けば絶えすれ何《あ》どか絶えせむ（万葉三三九七）

（玉藻コソ引ケバ切レルケレド（我々ノ中ハ）何デ切レルコトガアロウ）

吾が背子に直《ただ》に逢はばこそ名は立ため言の通ひに何かそこゆゑ（万葉二五二四）

（恋人ニ直接逢ッタノナラバコソ評判モ立ツダロウガ、言葉ダケノ行キ来デドウシテソンナコトデ（噂ガタツノデショウ））

こういった例に基づき、「国こそ境へ」は、「国こそ境をつけ、隔たっているけれども」という意味になる。

六　一首の解釈

それでは、六五五番歌を次のように訓んで、一首全体の解釈を試みる。

思はぬを思ふと言はば天地の神も知らさむ国こそ境へ　（万四・六五五）

歌意は、「私があなたのことを恋しく思っていないのに、思っていると言ったならば、天地の神々もお見通しであろう。国こそ境をつけて隔たっているけれども」となる。

ここで、もう少し言葉を補って解釈するならば、「あなたと私とは互いに国が別々で、離れた所に住んでいるので、あなたは私の気持ちを確かめられないかも知れないが、だからといってもし私が嘘を言ったら、それぞれの国の社に神はもちろんいるのだけれども、国の境を超越している天地の神々も当然お見通しのはずだから、心配する必要はまったくない」という心境であろう。

そして、国々の社に神がいたことは、次の歌を見ればわかる。

国々《くにぐに》の社《やしろ》の神に幣《ぬさ》奉《まつ》り我《あ》が恋すなむ妹がかなしさ　（万二〇・四三九一）

また、互いに離れた所に住んでいる状況は、今ここで問題にしている六五五番歌を含む「大伴宿禰駿河麻呂の歌三首」の中の第一首で、「心では忘れていないのだが、たまたま会わない日が続き、一《ひと》月《つき》も経ってしまいました」と歌うところから、推測できよう。

心には忘れぬものをたまさかに見ぬ日さまねく月そ経にける　（万四・六五三）

次に、問題の歌を単眼的にではなく複眼的に見ることで、より深く理解しようと思う。そのためには、大伴宿禰駿河麻呂の歌を大伴坂上郎女の歌と関連させながら解釈を行う必要がある。なぜなら、駿河麻呂と坂上郎女は深い血縁関係にあり、キョウダイ（坂上郎女の方が年上）のように育ったからである。巻四における二人のやりとりは、左記の六四六番歌から始まる。

大伴宿禰駿河麻呂の歌一首

ますらをの思ひわびつつ度《たび》まねく嘆く嘆きを負はぬものかも　（万四・六四六）

大伴坂上郎女の歌一首

心には忘るる日なく思へども人の言《こと》こそ繁《しげ》き君にあれ　（万四・六四七）

大伴宿禰駿河麻呂の歌一首

相見《あひみ》ずて日長《けなが》くなりぬこのころはいかに幸《さき》くやいふかし我妹《わぎも》　（万四・六四八）

大伴坂上郎女の歌一首

夏葛《なつくず》の絶えぬ使ひのよどめれば事しもあるごと思ひつるかも　（万四・六四九）

この一連の四首について、伊藤博『万葉集釈注』（集英社）は、次のように説明する（五六六〜五六七頁）。

右の四首は、身内の大伴駿河麻呂と坂上郎女とが互いの起居の相問にかこつけて恋人同士を装った歌である。駿河麻呂は坂上郎女の娘坂上二嬢《おといらつめ》の夫となった人。だから、四首は、娘婿と姑とが贈答歌に恋物語を楽しんだものである。その点を無視して、度が過ぎたものとし、坂上郎女を悪女のようにいうのは、天平の歌の本質を知らぬ者の発言といえよう。　（傍線引用者）

右の記述で、「恋人同士を装った歌」という捉え方は的を射ているように思う。二人は単純な恋人関係ではなさそうだ。続けて、『万葉集釈注』は「天平の歌の本質」について以下のように述べる（五六八頁）が、こうした視点も重要だと思われる。

男が結局女の範疇に呼びこまれた点を考慮すると、四首の裏には二嬢が置かれているらしい。二嬢の映像をちらりちらり陰に置いて、表立っては二人が二人の恋として掛け引きをしている点がしたたかで、天平の世の人びとはこのしたたかさを文化として尊んだのである。

次に、問題の歌を含む駿河麻呂の六五三～六五五番歌と、それに続く坂上郎女の六五六～六六一番歌をまとめて列記してみよう。

大伴宿禰駿河麻呂の歌三首

心には忘れぬものをたまさかに見ぬ日さまねく月そ経にける　(万四・六五三)
相見ては月も経なくに恋ふと言はばをそろと我を思ほさむかも　(万四・六五四)
思はぬを思ふと言はば天地の神も知らさむ国こそ境へ　(万四・六五五)

大伴坂上郎女の歌六首

我のみそ君には恋ふる我が背子が恋ふと言ふことは言のなぐさそ　(万四・六五六)
思はじと言ひてしものをはねず色のうつろひ易き我が心かも　(万四・六五七)
思へどもしるしもなしと知るものをなにかここだく我が恋ひ渡る　(万四・六五八)
あらかじめ人言繁しかくしあらばしゑや我が背子奥もいかにあらめ　(万四・六五九)
汝をと我を人そ放くなるいで我が君人の中言聞きこすなゆめ　(万四・六六〇)

恋ひ恋ひて逢へる時だに愛しき言尽くしてよ長くと思はば　（万四・六六一）

『万葉集釈注』は、最初の「大伴宿禰駿河麻呂の歌三首」を次のように捉えている（五七三頁）。

六五六〜六六一の歌六首を詠む坂上郎女を相手とする歌。六四六〜九以上に恋歌を楽しみ、物語を地で行く趣が強い。

その後の「大伴坂上郎女の歌六首」の解説では、駿河麻呂と坂上郎女の歌の、句と句の緊密な対応関係を指摘する（五七六頁）。

駿河麻呂の六五三〜五の歌に返すかたちになっている。ただし、前半三首と後半三首とに分かれ、後半は駿河麻呂の三首からはみ出た歌いぶりになっている。

六五六の「恋ふといふこと」は、駿河麻呂の第二首（六五四）の「恋ふと言はば」に応じている。また、この「恋ふといふこと」の具体的な内容は、駿河麻呂の第一首（六五三）そのものである。六五七の「思はじと言ひてしものを」、六五八の「思へども」は、駿河麻呂の第三首（六五五）の「思はぬを思ふと言はば」を意識した表現と思われる。また、六五八の結句、「我《あ》が恋ひわたる」は、駿河麻呂の第一首の結び「月ぞ経にける」に響き合うようになっている。

その上で、歌群全体をこう総括する（五七七頁）。

坂上郎女の六首の答え方は、どう見ても物語的である。相手の三首にかかわりながら転換と展開とが見られ、落ちまでつけられていて、実用の相聞というよりは、「恋歌」の贈答を文学的に交わして楽しむところがある。ここでも、駿河麻呂と坂上郎女とは、互いに二嬢の映像を下地に置いているのかもしれない。しかし、その点を生まじめに問題にして、郎女の歌は二嬢の代作などといってしまうと、文雅が一挙に消え失せてしまうというのが、この歌群であるように思う。

引き続き、『万葉集釈注』の解説を踏まえつつ、私訓「国こそ境へ」が歌群の中でどのように位置付けられるのかを考えてみたい。

まず、駿河麻呂の第一首、六五三番歌には次のコメントをつける（五七三頁）。

……音沙汰なしに過ごしたことを、一月も訪れなかったという大げさなかたちでわびる挨拶歌である。上二句が坂上郎女の六四七に似ている。意識したものか。

そして、前歌の結句「月そ経にける」を受け継いだ第二首、六五四番歌に対しては次のように言う（五七四頁）。

大げさな前歌の物言いが空回りしていることをみずから知り、先手を打って言いわけをしているところがおもしろい。

それで、問題の第三首、六五五番歌については左のように述べる（五七四頁）。

……勝手に弁明している。この歌、4五六一、12三一〇〇に類歌があり、それと同じ内容が第四句までにこめられている。結句に駿河麻呂独自の意味を盛ったものらしい。しかし、残念ながら、この句には定訓がない。

以上の流れを考慮して、「国こそ境へ」と訓むならば、まさに二人が容易に会えない理由、つまり、（旅でもしているのか）距離的に離れ離れであることがはっきりとするし、三首に一貫して見られる「言い訳・弁明・釈明」の姿勢が、第三首の結句「国こそ境へ」で、いっそう際立つことになるのではないだろうか。

ただし、表現と現実とは違うのかも知れない。「国こそ境へ」は、表現上は「国こそ境をつけて隔たっているけれども」で遠くにいるかのような歌いぶりである。けれども、二人は実際には意外と近くに住んでいるのではないかと思われる。この点は『万葉集釈注』が説くように、「身内の大伴駿河麻呂と坂上郎女とが互いの起居の相問にかこつけて恋人同士を装った歌」で、「娘婿と姑とが贈答歌に恋物語を楽しんだもの」であるならば、誇張した表現をあえて選択しているという可能性も大いに考えられるからである。とは言え、これも一つの解釈に過ぎない。歌の真意に迫ることは本当に難しい。

七　類歌との関係

ところで、問題の歌には類歌が二首ある。

不念乎《オモハヌヲ》　思常云者《オモフトイハバ》　大野有《オホノナル》　三笠社之《ミカサノモリノ》　神思知三《カミシシラサム》　（万四・五六一）

不想乎《オモハヌヲ》　想常云者《オモフトイハバ》　真鳥住《マトリスム》　卯名手乃社之《ウナデノモリノ》　神思将御知《カミシシラサム》　（万一二・三一〇〇）

これら二首を見ると、「大野なる三笠《みかさ》の社の神」や「真鳥住む雲梯《うなで》の社の神」のように、神の所在を特定している。ところが、六五五五番歌では「天地の神も」と歌う。なぜここに「天地の神」をわざわざ登場させる必要があったのであろうか。「天地の神」とは天神地祇《てんじんちぎ》の意で、『万葉集』に二十余例が見えるが、それは国などの所属を定めない広範囲ないわゆる「八百万《やおよろず》の神々（多数神）」を指す。そのことは次のように、「天地の神」に「たち」や「いづれ」といった複数を表す語の付いた例があるところから察することができる。

……天地《あめつち》の　大御《おほみ》神たち（大御神等）大和の　大国御魂《おほくにみたま》……　（万五・八九四）
天地《あめつし》のいづれの神を（以都例乃可美乎）祈らばか愛《うつく》し母にまた言問《ことと》はむ　（万二〇・四三九二）

それゆえ、たとえ国の境界があろうとも、それを超越し得る神々（天の神・地の神）なのである。その証拠として、遠く旅に出て相手と会えない状況下や、地域神のみでは安心あるいは十分満足できない時などに、「天地の神」は歌われる。例を挙げよう。

天地の神も助けよ草枕旅行く君が家に至るまで　（万四・五四九）
天地《あめつし》の神に幣《ぬさ》置き斎《いは》ひつついませ我が背な我《あれ》をし思《も》はば　（万二〇・四四二六）

六五五番歌の場合、作者が相手と国を別々にしている状況は「国こそ境へ」の句から明白である。そのため、類歌のように具体的にどこそこの国の社の神と特定して歌うことは、しにくかったと思われる。だからこそ、所属を越えた「天地の神」をここに登場させたのであろう。類歌二首の「神し」が六五五番歌の方で「神も」と微妙に異なっている理由も、「天地の神」以外の所属の定まった地域神を言外に暗示するための「も」であったと考えれば、納得がいく。

ところで、これは明確な根拠を示すこともできず、単なる想像の域を出ないことだが、「国こそ境へ」の句は六五五番歌と類歌の関係にある三一〇〇番歌の直前に位置する次の歌に、ひょっとするとヒントを得て作られたのかも知れない。

紫草《むらさき》を草と別《わ》く別《わ》く伏す鹿の野は異《こと》にして（野者殊異為而）心は同じ　（万一二・三〇九九）

この歌は鹿に寄せる恋の歌であるが、「住む所は互いに別々で離れていても心は相通じている」という趣旨である。つまり、「野は異にして」と「国こそ境へ」の両句は「生活の場所は離れ離れでも（相手を思う心は同じ）」という作者の置かれている状況を説明しており、その点で両歌には共通するものがある。果たしてこれは偶然に過ぎないのだろうか。

八　「邑」「変」の文字選択

最後に、「邑礼（または社）左変」という表記をとった点について多少なりとも言及しておきたい。クニの訓字表記は、『万葉集』では「国」の字が圧倒的多数を占める。しかし中には、「地（一例）」「邦（一例）」「洲（一例）」「土（二例［長歌と反歌でセットと見れば実質は一例］）」「本郷（一例）」といった文字でクニを表記した例も見える。

……国《くに》つ神《かみ》（地祇）伏して額《ぬか》つき……　（万五・九〇四）

……国問《くにと》へど（邦問跡）国をも告《の》らず……　（万九・一八〇〇）

豊国《とよくに》の（豊洲）企救《きく》の浜松……　（万一二・三一三〇）

磯城島《しきしま》の　大和の国《くに》に（山跡之土丹）……　（万一三・三二四八）

磯城島《しきしま》の大和の国《くに》に（山跡乃土丹）……　（万一三・三二四九）

……雁《かり》がねは国偲《くにしの》ひつつ（本郷思都追）……　（万一九・四一四四）

こういう例の存在から、何も「邑」字のみが孤立した例でないことが知られる（「邑」字をクニと訓むことについては、本章の「二」で検討済み）。

ではなぜ、「邑」の文字を用いてクニを表記したのだろうか。それは単にクニといっても、「国家や行政区画上の国・それよりも小さい地域・生まれ故郷」など様々なので、厳密にどのクニかを区別することが困難な場合もある。そこで、「国こそ境へ」のクニの場合はどうかというと、おそらくここは互いの生活の領域（一地方）としてのクニであろう。それで、サトやムラの訓もある「邑」字をあえて選んでここに使ったのではないだろうか。実際、「生活の本拠となる地域」の意のサトと、ほぼ同義で使われたクニの例もあり、参考になる。

……古《ふ》りにし　里《さと》にしあれば（里尓四有者）　国《くに》見れど（国見跡）　人も通はず　里《さと》見れば（里見者）　家も荒れたり……　（万六・一〇五九）

言繁《ことしげ》き里《さと》に住まずは（里尓不住者）……一に云ふ　国《くに》にあらずは（国尓不有者）　（万八・一五一五）

それと、先に示したクニの中で、「本郷」と書かれたクニの例は、「生まれ故郷」の意であるから、この文字は明らかに表記した者の工夫と見るべきである。

燕《つばめ》来る時になりぬと雁《かり》がねは国偲《くにしの》ひつつ（本郷思都追）雲隠《くもがく》り鳴く　（万一九・四一四四）

そして、「変」字については、サカフ（境）が「境をつける・分け隔てる」という意味を表すので、「場所を変えて生活を別々にする」というような意味を連想させる効果があると見るのは考え過ぎであろうか。

おわりに

考察の結果、六五五番歌の結句「邑礼（または社）左変」は、「国こそ境へ」と訓じることができ、なおかつ歌全体の解釈も自然で無理のないものになると思う。

本章では、「礼」字のまま係助詞コソで訓む「第一の考え方」と、もう一つ「社↓礼」の誤字を想定した「第二の考え方」を示しておいた。この二つの考え方は共に可能性のあるものであり、どちらか一方に決定することはできない。ただ、「礼」字を希望の終助詞コソおよび係助詞コソで訓んだ例が、『万葉集』に全然見られないので、筆者としては誤字説の方をいくらか支持したいと思っている。むろん、誤字説が行き詰まりを打開するための窮余の策であることは、重々承知している。しかし、逆の見方をするならば、一字の誤字があったからこそ、今まで定訓を得られないでいたのではないだろうか。

各章の要旨と結論

第一章の要旨と結論

莫囂円隣之　大相七兄爪湯気　吾瀬子之《ワガセコガ》　射立為兼《イタタセリケム》　五可新何本《イツカシガモト》　（万一・九）

これは女流歌人額田王の作で、俗に「莫囂円隣歌《ばくごうえんりんか》」と呼ばれる『万葉集』の中で最もよく知られた難訓歌であると言っても過言ではない。

「莫囂」の二文字は「囂《かまびす》しきこと莫《な》し」の意味を表し得ると考え、「莫囂」をカマビスシの反意語でシヅ（静）と訓む。「円」字はマトの第二音節トを脱落させ、第一音節マのみを利用したものと見なしてマと訓む。これと同種のものとして、「常《トコ》」字をト、「前《マヘ》」字をマ、「苑《ソノ》」字をソに、それぞれ当てて使用した例が『万葉集』に見える。「隣」字はリに、「之」字はシに用いた例が『万葉集』にある。以上から、初句「莫囂円隣之」をシヅマリシと訓む。

「大相」のうち「大」字については「入→大」の誤写を想定し、「入相」が原形であったと仮定する。「入相」とは中古以降に例が見えるイリアヒで、「太陽の没する頃（日暮）」の意を表すところから、「入相」の二字でもってユフ（夕）と訓じる。「七兄」の「七」字は『万葉集』でナに当てた例が見出せる。「兄」字は「見→兄」の誤写を考え、「七見」でナミ（波）と訓む。ナミ（波）のミは上代特殊仮名遣いでミ甲類だが、「見」字もミ甲類を表記する文字であるから、仮名遣いの点からも妥当である。「爪」字についても「似→爪」の誤写を想定して、「似」字が原形であったと推定したい。「似」字には助詞ニを表記するのに使用した例が『万葉集』にある。「湯気」の二字はユゲ（湯気）が《立ち》のぼる水蒸気であるところから、戯書でタツと訓じる。これは題詞に「紀温泉（紀伊の温泉）」とあり、そこから「湯気」を連想し、それをタツの表記に利用したと考えるならば、ある程度納得のいく表記となろう。ただし、このタツは「立つ」意ではなく、「発つ（出発する）」意の方のタツだと考える。『万葉集』には、「出発する」意のタツがある。以上から、「大相七兄爪湯気」を「入相七見似湯気」に改めて、ユフナミニタツと訓む。言うまでもなく、「入→大」「見→兄」「似→爪」という三文字の誤字を想定することは大問題である。しかし、今までに三十種以上もの試訓が提出されているにもかかわらず、近年の主だった注釈書のほとんどが、ここの訓みを断念しているという現状は、やはり複数の誤字があったと思わざるを得ない。

結論として、九番歌は次のように訓み下される。

静《しづ》まりし夕波に発《た》つ我が背子《せこ》がい立たせりけむ厳橿《いつかし》が本《もと》

歌意は、「静まった夕波（の時）に船出《ふなで》した我が君が、（旅の安全を祈るために、そばに）お立ちになったという、厳橿《いつかし》の木の下よ」である。

ところで、「我が背子」を有間皇子に擬する考え方がある。これは斉明一行の行幸と、有間皇子の事件が場所（紀伊）および期間（『日本書紀』の記述）の点で見事に重なり合うので、たいへん魅力的な見方だと思う。そこで、この仮説に乗って、改めて九番歌を解釈し直すならば、「（船出に適した）静まった夕波の時に出発した（今は亡き）有間皇子が、（命の無事を祈りつつ、そばに）お立ちになったという、（霊力豊かな）橿《かし》の木の下よ」という追慕の情を詠んだ歌になる。

第二章の要旨と結論

三薦苅《ミコモカル》　信濃《シナノ》乃《ノ》真弓《マユミ》　不引《ヒカズ》為而《シテ》　強佐留行事《ワザ》乎《ヲ》　知《シル》跡《ト》言《イハ》莫《ナク》君二《ニ》　（万二・九七）

この歌は、「久米禅師娉石川郎女時歌五首（久米禅師が石川郎女に求婚した時の歌五首）」の二首目に位置する、石川郎女の歌である。

「強」字は、『万葉集』にシフと訓まれる例があり、「気持ちに逆らう・強いて……する」という意を表す。「佐留」は音仮名で普通にサルと訓み、「自分の意志で遠ざける・離す・拒む・断る」という他動詞としての意味が文献の上で確認できる。そこで、「強佐留」をシヒサルと訓じ、「強いて断る」と解する。

なお、このシヒサル（強佐留）のような表記方式、すなわち、複合動詞を〈正訓字＋音仮名〉で書いた同様の例があるかというと、それは『万葉集』にあるので、表記の面からも問題ない。

それでは九七番歌の第四句をシヒサルワザヲと訓んで、その前後の歌と並べてみる。

①水薦苅《ミコモカル》　信濃乃真弓《シナノノマユミ》　吾引者《ワガヒカバ》　宇真人佐備而《ウマヒトサビテ》　不欲常将言可聞《イナトイハムカモ》　禅師　（万二・九六）

②三薦苅《ミコモカル》　信濃乃真弓《シナノノマユミ》　不引為而《ヒカズシテ》　強佐留行事乎《シヒサルワザヲ》　知跡言莫君二《シルトイハナクニ》　郎女　（万二・九七）

③梓弓《アヅサユミ》　引者随意《ヒカバマニマニ》　依目友《ヨラメドモ》　後心乎《ノチノココロヲ》　知勝奴鴨《シリカテヌカモ》　郎女　（万二・九八）

②の「強ひさるわざを知るといはなくに」は、①の「うま人さびて否と言はむかも」に反発した句と考えられる。つまり、禅師が郎女の気を引いたならば郎女はお高く止まってイヤだとおっしゃるでしょうか、と勝手に決めつけたのを受けて、実際に郎女の気を引きもしないのに郎女が強いて断る行為を禅師は知るわけがない、と巧みにやり返したのである。

九七番歌の解釈は、「（……弓を引くように）あなたは私の気を実際に引きもしないのに、私が自分の気持ちに反して無理に断る（貴人ぶってイヤと言う）ことを、あなたは知るわけがない」となる。

このように解釈すれば、①の「うま人さびて否と言はむかも（貴人ぶってイヤと言われるであろうか）」と、②の「強ひさるわざを（気持ちに逆らって無理に断ることを）」とは見事に響き合う。
さらに、②の「強ひさるわざを」と③の「引かばまにまに寄らめ」の関係は百八十度違う、「シヒサル（無理に断る）↔マニマニヨル（素直に身をゆだねる）」という、正反対の表現をとる形で、対応していると見ることができる。

そして、シヒサルのシヒは、「自分の気持ちにあえて逆らう」意のシヒと見て、「本心は禅師の誘いに応じたいにもかかわらず、郎女自身の気持ちに反して無理に誘いを断る」と解釈するのが文脈上ふさわしいだろう。だからこそ、誘ってくれたら禅師の誘いのままに素直に従おうと、つまり、「うま人さびて否」などとは決して言わない心中を、③の上句「梓弓引かばまにまに寄らめ」で、郎女は率直に表明するのである。ところが、③の下句では、「後《のち》の心を知りかてぬかも（行く末の心がわからないなぁ）」と、続けて女らしい不安な気持ちをはっきりと歌っている。

シヒサルは表記と意味の両面から無理がなく、有力な説と言えよう。

第三章の要旨と結論

小竹之葉者《ササノハハ》　三山毛清尓《ミヤマモサヤニ》　乱友　吾者妹思《ワレハイモオモフ》　別来礼婆《ワカレキヌレバ》

（万二・一三三）

この歌は柿本人麻呂の石見相聞歌の有名な第二反歌であるが、第三句「乱友」の訓み方や一首全体の解釈をめぐる論考が非常に多い。

「乱友」の「友」字は、『万葉集』で逆接仮定条件のトモにも逆接確定条件のドモにも使用される文字だが、トモの場合には〈未然形＋バ〉が来るのに対して、ドモの場合には〈已然形＋バ〉が来る。問題の歌は「別来礼婆《ワカレキヌレバ》」であるから、ドモで訓むのが妥当と判断される。さらに、トモは将来の事柄について、ドモは現在および過去の事柄について表現する語と、それぞれ呼応するという顕著な差が認められる。したがって、その点からも「乱友」の「友」字はドモで訓むべきと言える。なぜなら、「吾者妹思《ワレハイモオモフ》」は現在形の表現だからである。

次いで、「乱」字であるが、『万葉集』にはこれをサワク（騒）に当てた例が見える。今日我々は、サワグに対して「騒」という漢字を常用するが、『万葉集』の中では、サワクに当てられる漢字は「騾・𨆩・颯・動・乱・騾驂・散動」のように何種類もあり、それほど固定的ではなかった。そして、『万葉集』におけるサワクの意味（使われ方）を調べると、「音」と「形」が同時に生じている状況で用いられていることがわかる。

そこで、「乱友」をサワケドモと訓じるならば、多数の笹の葉が風に吹かれて入り乱れた「形」と、その笹の葉がすれ合って出す「音」の双方を過不足なく描写していると見ることができる。そして、笹の葉が風に吹かれて山一面にざわめく光景は、風が吹いて波がサワク自然現象を歌ったものとほとんど同じと見て差し支えないと思われる。時代は下るが、「楢《なら》の葉さわぐ」と歌う次の『夫木和歌抄』

（一三一〇年頃成立）の例は注目される。

深山辺《みやまべ》の楢《なら》の葉さわぐ初時雨《はつしぐれ》いくむら過ぎぬ明け方の空　（夫木・六四〇一）

加えて、一三三番歌と内容・構造共に酷似した左記の類歌二首の第三句は、サワケドモで訓まれている。特に、一六九〇番歌は人麻呂歌集採録歌である。

高島《たかしま》の阿渡白波《あどしらなみ》は騒《さわ》けども（動友）我は家思ふ廬《いほ》り悲しみ　（万七・一二三八）
高島《たかしま》の阿渡川波《あどかはなみ》は騒《さわ》けども（驟鞆）我は家思ふ宿《やど》り悲しみ　（万九・一六九〇）

「笹の葉は……」の第三句はサワケドモと訓み、一首の解釈は、「笹の葉は山もざわめくほど爽快に騒いでいる（美景だ）が、愛する妻と別れて来たので全然楽しめず妻を思ってつらい」となる。

次の歌は、一三三番歌と構造や発想の点（望ましい条件の下にいるのに妻のことが思われてつらい）で相通じるものがある。

秋の野をにほはす萩《はぎ》は咲けれども見るしるしなし旅にしあれば　（万一五・三六七七）

以上、文字・語法・意味の各方面から客観的に判定した結果、問題の「乱友」はサワケドモで訓むのが最善であると結論づけられる。

第四章の要旨と結論

鳥翔成　有我欲比管《アリガヨヒツツ》　見良目杼母《ミラメドモ》　人社不知《ヒトコソシラネ》　松者知良武《マツハシルラム》　（万二・一四五）

この歌は有間皇子の挽歌群に採録された山上憶良の一首であるが、その初句「鳥翔成」は難訓箇所で、十種以上の試訓が提出されているものの、現在まで定訓を見ない。

『万葉集』に、「鳥」字をトリと訓ませる例は数多くあるし、「成」字を四段動詞ナル（成）の連用形ナリに用いた例も多数あり、トリ……ナリと訓むところは問題ない。結局、「翔」字をどのように訓むかである。結論から言うと、「翔」字は助詞のトで訓じることができると考える。以下、根拠を示そう。

まず、「天《あま》飛《と》ぶや」を「天飛也」「天翔哉」と表記した例が、『万葉集』にあるところから、「飛」字と「翔」字には同じトブの訓があることがわかる。

そして、「飛」字には「飛羽山松之《トバヤママツノ》」や「飛幡之浦尓《トバタノウラニ》」のようにトの音に当てた例が見えるので、「飛」＝「翔」（「飛」字と「翔」字の通用）から、「翔」字もトと訓み得る。なお、トブ（翔）のトと助詞のトはどちらも上代特殊仮名遣いで乙類なので、矛盾しない。

また、トブの訓をもつ「翔」字をトで訓ませるのと同種のものとして、「知」字のシルをシに、「踏」字のフムをフに、「咲」字のヱムをヱに使用した例が、『万葉集』にある。

それではなぜ、助詞のトを書き表すのに「翔」字を使用したのか。それは文字を通しての視覚的な面、すなわち漢字のもつ表意性を存分に利用することで、ここは鳥が空高く飛翔するイメージを強く打ち出したかったのであろう。

加えて、『古事記』（景行天皇）に見える「於是化八尋白智鳥翔天而向浜飛行（是《ここ》に八尋《やひろ》の白《しろ》ち鳥《とり》と化《な》り天《あめ》に翔《かけ》りて浜に向《むか》ひて飛び行《ゆ》きき）」という文字の並びは、問題の「鳥翔成」を考える上で極めて示唆的である。憶良は、悲劇の英雄倭建の最期と孤独悲運の貴公子有間の終焉とを重ねていたのではないか。両者をめぐる状況や背景には共通点が少なくない。

以上から、一四五番歌の初句「鳥翔成」をトリトナリと訓み下す。

　　鳥となりあり通ひつつ見らめども人こそ知らね松は知るらむ

一首全体を解釈すると、「（有間皇子は亡くなったが生まれ変わって）鳥となり、（再び帰って来て見ようと生前に心を寄せた松のあるところに）常に通いながら見ているだろうが、（有間皇子を偲ぶ）人々はそのことを知らないだけで松は知っているであろう」となる。

なお、時代は下るが、「鳥となり」の句は和歌の表現として実在する。

涙川うきねの鳥となりぬれど人にはえこそみなれざりけれ　（千載・六七〇）

生きての世死にての後《のち》の後の世も羽《はね》をかはせる鳥となりなむ　（万代・二一九三）

総合的に見て、トリトナリは表記と意味の両面から最も無理の少ない訓と言えよう。

第五章の要旨と結論

三諸之《ミモロノ》　神之神須疑《ミワノカムスギ》　已具耳矣自得見監乍共　不寝夜叙多《イネヌヨゾオホキ》　（万二・一五六）

この歌は十市皇女《とおちのひめみこ》が亡くなった時に高市皇子尊《たけちのみこのみこと》の作った挽歌であるが、第三句・四句に当たる「已具耳矣自得見監乍共」の十文字は難訓箇所で、現在まで定訓を得ない。

まず、第三句は「已具耳矣」までと考え、これに誤字が二字あったと見なし、本文を「四具耳煑」に改めて、ヨソノミニと訓む。『万葉集』には、「四」字をヨ、「具」字をソ、「耳」字をノミ、「煑」字をニと訓ませる例がある。そして、「みもろの三輪《みわ》の神杉《かむすぎ》」から第三句「外《よそ》のみに」への続きは、時代は下るものの、『続千載和歌集』（一三二〇年）に見える「よそにのみ三輪の神杉……」が傍証例となる。

第四句「自得見監乍共」については、最後の「共」字の位置を移動させ、「自得共見監乍」に変えた上で、アナウトミツツと訓じる。この文字の移動という大胆な処置は言うまでもなく窮余の策だが、『類聚古集』の本文を見ると、「共」字は当初書き落とされ、後に右側に書き添えられた形になっており、それを踏まえての試案である。「自」字をアナと訓めるのは、オノ（自）との母音交替によるものと考えられるからで、オノの訓をもつ「己」字を『日本書紀』でアナと訓ませる「大己貴、此をば於褒婀娜武智《おほあなむち》と云ふ」（紀・神代上）という確実な例があり、それと同様に見ることができよう。「得」字をウ、「共」字をト、「乍」字をツツと訓むのは、『万葉集』に例があるので問題ない。なお、「見監」については、ウツロフ（移）を「移」と「変」と「移変」、サワク（騒）を「驟」と「驂」と「驟驂」の各文字で、それぞれ表記した例があるところから、ミル（見）の場合も「見」と「監」の字で表記した例があるのだから、この二字を重ねた「見監」でミルを書く可能性は十分ある。

以上から、一首を訓み下すと左のようになる。

みもろの三輪《みわ》の神杉《かむすぎ》外《よそ》のみにあな憂《う》と見《み》つつ寝《い》ねぬ夜《よ》ぞ多《おほ》き

一首は、「三輪山の神々しい杉のように（容易に近寄り難いあなたを）、ただ遠く離れた所からアァつらいと思いながら眠れぬ夜が多かったなぁ」と解釈される。括弧内に「容易に近寄り難いあなたを」と補ったのは、神聖な三輪の杉に手を触れると罰が当たると信じられていたからで、そのことは次の歌例から知られる。

味酒《うまさけ》を三輪《みわ》の祝《はふり》が斎《いは》ふ杉手触《すぎてふ》れし罪《つみ》か君に逢ひ難《がた》き　（万四・七一二）

そして、「外《よそ》のみにあな憂《う》と見《み》つつ」が和歌の表現としてあり得る句である根拠として、①「外《よそ》のみ」から「見」に続く歌が『万葉集』に一三首あり、うち「見つつ」が六首あること、②「あな憂《う》と」に通じる〈感動詞アナ＋形容詞の語幹＋助詞ト〉の例が『万葉集』にあり、『古今和歌集』には同じ「あな憂《う》と」の例が見えること、の二点を指摘できる。ところで、「あな憂《う》」を「自得」と書いたのは、十市皇女と高市皇子が異母キョウダイの関係にあるにもかかわらず、政争（壬申の乱）等でやむなく離れ離れにならざるを得なかった、その嘆きの気持ちを込めた文字選択なのかも知れない。

第六章の要旨と結論

燃火物《モユルヒモ》　取而裹而《トリテツツミテ》　福路庭《フクロニハ》　入燈不言八《イルトイハズヤ》　面智男雲　（万二・一六〇）

これは天武天皇崩御の折に、妻の持統天皇が詠んだ挽歌であるが、結句「面智男雲」は難訓箇所で定訓がない。

まずは、『万葉集』における一般的な訓み方から、「面」字はオモ、「男」字はヲ、「雲」字はクモと訓める。

「智」字は『万葉集』で音仮名チとして専用される文字だが、ここでは結句の他の三文字と同様に訓字で、シルと訓むべきであると考える。そう訓む根拠は、平安末期の辞書『色葉字類抄』のシルの項に「智」字が掲載されているのと、中国の後漢末の字書『釈名』に「智、知也」とあり、「知」字と「智」字は通用する場合が少なくないからである。

以上から、「面智男雲」はオモシルヲクモと訓めるという結論になる。

オモシルという言葉は、『万葉集』に次の二例が見える。

如神《カミノゴト》 所聞滝之《キコユルタキノ》 白浪乃《シラナミノ》 面知君之《オモシルキミガ》 不所見比日《ミエヌコノコロ》 （万一二・三〇一五）

水茎之《ミヅクキノ》 崗乃田葛葉緒《ヲカノクズハヲ》 吹変《フキカヘシ》 面知児等之《オモシルコラガ》 不見比鴨《ミエヌコロカモ》 （万一二・三〇六八）

両歌共に第三句までは、第四句のオモシルを導く序詞。オモシルの語義は文脈からは、「面影が忘れられない」が一番しっくりする。しかし、「知る」からそういう意味を導き出すのは相当に苦しい。そこで、オモシルを従来の「面知る」ではなく、「面著」と考えてみる。このシルは、ク活用形容詞シルシ（著）の語幹に相当するもので、シルシとは「はっきりと感じられる状態」を表す。ならば、オモシル（面著）は「面影がありありと眼前に浮かんでくる」という意味になろう。

オモシルヲのヲは文字通り、「男」の意である。『万葉集』におけるヲ（男）は、上接する語を必ず伴って〈……ヲ（男）〉の形をとるが、オモシルヲも〈名詞オモ（面）＋形容詞シルシの語幹シル（著）＋名詞ヲ（男）〉という語の構成であるから、〈……ヲ（男）〉の形に合致する。

最後のクモは、「雲」字を利用して「来《く》も」〈動詞の終止形＋助詞モ〉を表記したと考え、「やって来ましたよ」と詠嘆表現で解する。

燃ゆる火も取りて包みて袋には入《い》るといはずや面著男来《おもしるをく》も

一首の解釈は、「燃えている火も取って包んで袋に入るというではないか。（このように不可能と思えることでも可能にする術が世の中にあるのだから、ほら）面影がはっきりと思い出されて仕方がない（脳裏に焼きついてどうしても忘れられない）方（亡くなった夫の天武天皇）が、（奇跡が起こり）やって来ましたよ」となる。

長歌（一五九番）との関係を見ると、霊魂がまだ近くにとどまって現れるのを信じている段階（一六〇番）と、いよいよ去り行く別れの段階（一六一番）を、長歌におけるラシとマシにそれぞれ照応させるべく、反歌二首は意図的に配置されたものと認められる。

第七章の要旨と結論

不念乎《オモハヌヲ》　思常云者《オモフトイハバ》　天地之《アメツチノ》　神祇毛知寒《カミモシラサム》　邑礼左変　（万四・六五五）

この歌は、「大伴宿禰駿河麻呂《おほとものすくねするがまろ》の歌三首」の第三首であるが、結句の「邑礼左変」は難訓箇所で、解読されていない。

「邑」字は、中国現存最古の字書『説文解字』に「邑、國也」とあり、平安末期の漢和辞書『類聚名義抄』にはムラやサトと並んでクニの訓が載っているところから、クニと訓む。「礼」字は、『類聚名義抄』にイノルの訓があって、『万葉集』で係助詞コソの表記に用いられる「社」字にもイノルの訓があるところから、コソと訓み得るだろう。あるいは、「社→礼」の誤字を想定して、コソと訓むこともできよう（「社→礼」の誤写例あり）。この二つの考え方は共に可能性のあるもので、どちらか一方に決定することはできない。ただ、「礼」字を希望の終助詞コソおよび係助詞コソで訓んだ例が、『万葉集』に見られないので、誤字と見なす方をいくらか支持したい。「左変」は、「左」字を音仮名でサ、「変」字を訓仮名でカフと訓み、「左変」をサカフと訓む。サカフ（境・界）とは、「間に境界線を置いて、境をつける」という意味を表す四段他動詞で、「国（を）境《さか》ふ」という例が文献に見える。よって、「邑」字をクニと訓めば、クニ……サカフの表現が成立することになる。ただし、「左変」はここでは係助詞コソの結びになるので、已然形でサカへと訓じられる。
以上から、六五五番歌は次のように訓まれる。

思はぬを思ふと言はば天地の神も知らさむ国こそ境へ

歌意は、「私があなたのことを恋しく思っていないのに、思っていると言ったならば、天地の神々もお見通しであろう。国こそ境をつけて隔たっているけれども」となる。
ところで、問題の歌には類歌が二首ある。

不念乎《オモハヌヲ》　思常云者《オモフトイハバ》　大野有《オホノナル》　三笠社之《ミカサノモリノ》　神思知三《カミシシラサム》　（万四・五六一）
不想乎《オモハヌヲ》　想常云者《オモフトイハバ》　真鳥住《マトリスム》　卯名手乃社之《ウナデノモリノ》　神思将御知《カミシシラサム》　（万一二・三一〇〇）

右の二首を見ると、「大野なる三笠《みかさ》の社の神」や「真鳥住む雲梯《うなで》の社の神」のように、神の所在を特定している。ところが、六五五番歌では「天地の神も」と歌う。「天地の神」とは天神地祇《てんじんちぎ》の意で、それは国などの所属を定めない広範囲ないわゆる「八百万《やおよろず》の神々（多数神）」を指す。それゆえ、たとえ国の境界があろうとも、それを超越し得る神々（天の神・地の神）であり、遠く旅に出て相手と離れ離れの状況下や、地域神のみでは安心あるいは十分満足できない時などに、「天地の神」は歌われる。六五五番歌の場合、作者が相手と国を別々にしている状況は「国こそ境へ」の句から明らかである。そのため、類歌のように具体的にどこそこの国の社の神と特定して歌うことは、しにくかったと思われる。だからこそ、所属を越えた「天地の神」をここに登場させたのであろう。類歌二首の「神し―」が六五五番歌の方で「神も―」と微妙に異なっている理由も、「天地の神」以外の所属の定まった地域神を言外に暗示するための「も」であったと考えれば納得がいく。

初出一覧

本書は、左記の既発表論文を基に、加筆・補訂したものである。

第一章――『万葉集』九番歌の訓釈（『法政大学文学部紀要』四四号、一九九九年三月）

第二章――『万葉集』九七番歌再考（大野晋先生古稀記念論文集刊行会編『日本研究―言語と伝承』角川書店、一九八九年一二月）

第三章――「小竹の葉はみ山もさやに乱友」（万葉集一三三番）の訓釈について（『鶴見大学紀要・国語国文編』二五号、一九八八年三月）

第四章――難訓歌「鳥翔成」（万葉集一四五番）について（『学習院大学上代文学研究』一二号、一九八七年三月）

第五章――『万葉集』一五六番歌の訓解（『日本文学誌要』六二号、二〇〇〇年七月）

第六章――『万葉集』一六〇番歌の訓釈（『日本文学誌要』六〇号、一九九九年七月）

第七章――『万葉集』の「邑礼左変」の訓みと解釈（『国文学・解釈と鑑賞』五八巻一号、一九九三年一月）

あとがき

物事を始めるには、何かしらのきっかけがある。学問とて例外ではない。万葉の難訓歌を研究するきっかけは、学生時代の大野晋先生の国語学演習にまでさかのぼる。教室では巻二の歌を対象に、日本古典文学大系と日本古典文学全集の『万葉集』で、訓読の仕方の異なる箇所を取り上げ、いずれが妥当であるかを考えた。本書に巻二の歌が七首中五首も含まれているのは、そのことと関わりがある。難訓歌には人を引き込む魔力のようなものがあると思う。変なたとえかも知れないが、この研究は予期できぬ化学実験に似ている。漢字には音と訓と意味があり、それも一つとは限らない。だから、その漢字のみで書かれた歌と、それを訓み解こうとする人間が反応し合うと、実に多種多様の化合物が出来上がる。そこで、いくつもの学説が登場することになるが、要はどれだけ説得力を有するかだ。

本書では、従来の説とは違ったオリジナルな考え（第一章・第五章・第六章・第七章）を提出する、もしくはあまり評価されずに埋もれている説（第二章・第三章・第四章）を肯定する結果になった。そのため、教えを受けた先生のお考えと異なった結論もある。しかし、異議申し立てがあるからこそ書く意味があるわけで、師が唱えたり支持している説を、単に是認するだけならば、わざわざ書く必要はないだろう。この場は「あとがき」ということで、論文形式では書きにくい、それぞれの章に対する思いや思い出を交えながら綴ってみたい。

第一章の九番歌――「入→大」「見→兄」「似→爪」という三文字もの誤字を想定して、何とか導き出した訓である。したがって、かなり苦しい。むろん、確信の持てる答案ではない。こういう場合、仮にひらめいたとしても公表はしないという人もいるだろう。けれども、これはあくまでも一つの試論であり、「入相」をユフ（夕）、「似」をニ（助詞）、「湯気」をタツ（発つ）と考える私見をヒントに新たな説が提出され、解明へ一歩近づくならばとの思いで執筆した。大野先生からは「シヅマリシユフナミニタツは万葉の調べではないように思う」との感想を頂戴した。たいへん重みのあるお言葉として受け止めている。

第二章の九七番歌――非常勤の稲岡耕二先生の大学院の授業で、「作」字はハグであり、その濁音グを清音クにして、ハクと訓じるのは難しい旨、申し上げたことがある。先生は最有力視されているヲハクル（弦作留）誤字説を穏当な訓として、支持なさっていらした。弦の張り方さえ知らない禅師を揶揄する歌との見方は確かに魅力的だ。が、ここは文字通りシヒサルと訓むのが一番理にかなっていると考えて、拙論を発表した。問題は解釈が妥当か否かであろう。実は室伏秀平『万葉異見』の説を知るよりも前に自力でほぼ同じ結論に到達していただけに、鶴見大学の図書館で室伏説を見つけた時は、ちょっと残念だった。
第三章の一三三番歌――サヤゲドモ派は、「友」字は『万葉集』における語法の観点からドモと訓むべきだと主張し、ミダルトモを否定する。ミダルトモ派は、「乱」字は視覚的だからミダルがまさるとして、サヤゲドモをしりぞける。その双方の難点を解消でき、最も無理の少ないのが賀茂真淵のサワケドモだと考え、レポートを提出したのは院生時代。大野先生の勧めで、万葉学会の研究発表に申し込んだが採用されず、国語学会の方で発表し、学会デビューを果たしたのは懐かしい思い出である。後に、鶴見大学の紀要に掲載された拙論が、度々引用されるようになったのは研究者冥利に尽きる。真淵に報告できるとよいのだが。
第四章の一四五番歌――「鳥翔成」を考えるきっかけは、非常勤の橋本達雄先生の大学院の授業であった。直感でトリトナリの訓が浮かんだが、それを見事に論証する大久保論文の存在を知り、教室ではそれを補強する形で発表した。橋本先生からは、「万葉の歌い方としては新し過ぎる感じがする」というコメントをいただいた。先生はアマガケリの訓を支持なさっていらしたが、それに反してトリトナリを是とする拙稿を書いた。大久保廣行『筑紫文学圏論　山上憶良』（笠間書院、一九九七年）に拙論の紹介文（七四頁の「注」）があるのを偶然目にした時は恐縮し、抜刷をお送りしておくべきだったと反省した。
第五章の一五六番歌――第三句は「已具耳矣」を「四具耳袁」に改めて「外《よそ》のみに」、第四句は「自得見監乍共」を「自得共見監乍」に変えて「あな憂《う》と見つつ」と訓じた。これは澤瀉久孝『万葉集注釈』の「よそのみ□□□□□見つつ」の空欄の五音分に「にあな憂《う》と」を埋めてみた試案だが、文字を変え過ぎたとの自覚は当然ある。ただし、ここも九番歌同様、二句分が難訓箇所になっているという現状は、やはり複数の誤字等があったと思わざるを得ない。常套手段で解読することが困難な場合には、多少冒険する勇気も必要であろう。拙論を踏み台にして、よりいっそう説得力のある新訓が提出されることを切望する。

第六章の一六〇番歌――「面《オモ》智《シル》男《ヲ》雲《クモ》」を発表した最初は、「迷宮会」という研究会である。会の名称の由来は問題がなかなか解決せず、「迷宮入り」するところからだが、部屋を確保する際、電話口の向こうで、「名球会」と間違えられたことも。この会は須山名保子先生（同窓・同門）の呼びかけで一九八一年に発足し、現在まで続けられている。先生には基本から懇切丁寧に御指導いただいた。また、筆者と学部・大学院が同期の池上啓氏からは中国原字音と万葉仮名の対応関係をはじめ、会を通じて啓発されることが多々ある。そして、大学院生から刺激を受けることも少なくない。なお、「奇跡的なことが可能になるのだから亡夫も現れる」と解する私見は、「迷宮会」では難色を示された。

第七章の六五五番歌――「邑礼左変」は「なぜ解読できないのか」と学生に質問されたのが、真剣に考える契機となった。私訓のクニコソサカへは大野先生も認めて下さり、『国文学・解釈と鑑賞』に掲載され、伊藤博『万葉集釈注』に一説として紹介された。ありがたいことに拙論に対する批評を葉書や手紙で多数頂戴したが、中でも木下正俊先生には再度お礼申し上げたい。先生は、「変《カヘ》良《ラ》比《ヒ》」（万七・一一七七）と「変《カヘ》瀬《セ》」（万一〇・一八二二）のカへのへが、上代特殊仮名遣いの乙類と信じて論述した筆者の誤りを正された。カヘ（変）が乙類なのに、カヘリ（反）とカヘシ（返）が甲類だとは、まったく疑いもしなかった。

今回初めての単著を出版するということで、大野先生に「序文」をお願い申し上げたところ、すぐに快くお書き下さった。しかも、学問と趣味の将棋をうまく関連させながら。先生は、日本将棋連盟より初段の免状を授与された実力者である。筆者はこの拙著を、二〇〇〇年八月二三日に、めでたく八一歳をお迎えになった先生へ、「盤寿《ばんじゅ》」のささやかなお祝いとして捧げたい。「盤寿」は一般にはほとんど知られていないけれども、将棋盤には九×九の計八一の升目《ますめ》があることから、それにちなんで将棋を愛好する者は、八一歳の誕生日に特別な思いを込めて、お祝いをするのである。ちなみに、『広辞苑』に「盤寿」の項目はないが、「半寿《はんじゅ》」（「半」の字を分解すると「八十一」になることから八一歳の祝い）は見える。

さて、このような貧弱な内容の、拙劣な文章の小著ではあるが、ここに至るまでには数多くの方々の恩恵に浴している。以下、筆者の履歴を記す中に、お世話になった方々のお名前を挙げさせていただくかたちで、感謝の気持ちを表したい。

大野先生との出会いは学習院高等科一年の夏休み前に行われた特別講義であった。演題は忘れたが、単語は一日に二語か三語を調べるのが精一杯という辞書作りに関する内容であったことは、おぼろげに覚えている（将来の指導教授になろうとは思いもしなかった）。二年生になると、須田信正先生の毎時間一行一首進むかどうかという古文の授業に興味を持ち、古文の教師にあこがれるようになる。そこで、一年の主管（担任）で現代国語担当の高橋新太郎先生（後の仲人）に相談すると、「大野先生に就いて本気で国語学をやってみないか」と言われ、決心を固める。そして、高橋先生の「大野先生から決して逃げるな！」という卒業時の言葉を胸に、男子高等科生二百二十余名の中で筆者一人が国文学科に進学した。当時は就職の際に、つぶしがきくとされる法学部や経済学部を希望する親が大多数だったが、筆者の両親はまったく反対せずに理解を示してくれた。これは文学部志望の生徒が親に猛反対されて断念するケースも実際あっただけに、本当にありがたかった。

大野先生の授業、とりわけ演習はすこぶるハードだった。それはまるで、言葉によるボクシングのスパーリングのようであった。ノックアウトされることも珍しくなかったが、調べ方や発表の手本を先生自ら適宜お示しになるので、得たものは計り知れない。先生のお話は、いつも聞き取りやすく、メリハリがあり、刺激的で、曇りがなく、耳に心地よく響いた。現在も、古語辞典の仕事をお手伝いする関係で、二〇年前の演習と同じように鍛えていただいているが、頭の回転の速さと明快な話し方は衰えを見せない。

学部の三年後期から四年前期までの一年間、大野先生はインドでタミル語の研究のため不在となる。卒業論文のテーマを決めかねて、精神的にも不安定な三年の冬、非常勤の外間守善先生から、「まだ十分に解明されていない『おもろさうし』の係り結びについて研究してみる気はないか」と勧められ、土井洋一先生（卒論・修論の副査）にも相談に乗っていただき、そのテーマを柱に卒業論文をどうにか書き上げた。大学院生になると、助手の北川和秀先輩が文献の探し方や資料の扱い方などを教えて下さった。修士論文も引き続き、『おもろさうし』の表記に関する研究で作成し、博士後期課程へ。その頃、母校の教壇に立つのを心中ひそかに夢見ていたが、博士二年の時に念願の古文の非常勤講師になり、わずか一年間ではあったが夢は実現した。翌年、幸運にも鶴見大学の専任講師に採用され、そこで八年間勤めた後、外間先生の後任として法政大学に着任。もし、外間先生と巡り逢っていなければ……。

そして、一九八八年から聖心女子大学、翌一九八九年から学習院大学で、非常勤講師を勤めるようになり、一〇年以上経つ。聖心女子大学では山口佳紀先生が親身になって適切なアドバイスを下さり、見落としていた論文等を教えて下さる。お陰で、どれほど助けられたことか。また、学習院大学では一〇歳年長の兄弟子《あにでし》、佐佐木隆先輩が執筆途中の斬新な説をよく聞かせて下さり、「後輩頑張れ！」と励まして下さる。精力的に研究を続けている先輩と接すると、こちらの研究意欲も高まる。それと忘れてならないのは、一九九九年六月六日に急逝された徳川宗賢先生。学習院の大先輩でもある先生には、節目節目で元気づけられた。最後の絵葉書には、「万葉集九番歌の訓釈の御文章をありがとうございました。なんだか引き込まれて読んでしまいました。論の進め方がうまいからでしょうか。その道の方々の御意見はどうでしょうね」とあり、そこには沖縄関係の古書を譲って下さる旨も記されてあった。ありがたく頂戴したが、信じられないことに一ケ月ほどで形見に。

こうして四半世紀（一五歳～四〇歳）を振り返ってみると、幾人もの方々に導かれ、後押しされ、支えられる格好で、これまでやって来られたのだ、とつくづく思う。二〇〇〇年の八月七日に不惑を迎えたが、この世界では若手と言われることも多く、まだまだこれからという気持ちもある。しかし一方で、もう四〇歳かという思いも強い。そこで、これを機に数年前から形の残る区切りをつけたいと考えていた。本来ならば、卒論と修論で研究対象とした『おもろさうし』の語学的研究の方を先にまとめて上梓したかった。けれども、こちらはもう少し時間がかかりそうだ。道が遠ければ達成した時の喜びも大きいのだ、とプラス志向で考えて努力を続けよう。

末筆ながら、出版事情の厳しい折、このようなマニアックな研究書の刊行を引き受けて下さった法政大学出版局に、心から感謝申し上げる。特に編集長の平川俊彦氏と本書担当の松永辰郎氏には、格別の御尽力をいただいた。なお、出版局との間を取り持って下さったのは、法政大学文学部哲学科の牧野英二先生である。厚くお礼を申し上げたい。

二〇〇一年一月二五日

間宮厚司

著者略歴

間宮厚司（まみや　あつし）

1960年東京生まれ．1987年学習院大学大学院人文科学研究科国文学専攻博士後期課程単位取得退学．1987年鶴見大学文学部専任講師，1991年助教授．1995年より法政大学文学部日本文学科助教授．専攻は国語学（＝日本語学）で，特に古典語の研究．1990年「『おもろさうし』の係り結びについて」で沖縄文化協会の金城朝永賞（言語学部門）を受賞．共著に山口佳紀編『暮らしのことば語源辞典』（講談社，1998年）．

万葉難訓歌の研究

2001年4月10日　初版第1刷発行

著　者　© 間　宮　厚　司

発行所　財団法人　法政大学出版局

〒102-0073　東京都千代田区九段北3-2-7

電話03(5214)5540／振替00160-6-95814

印刷／三和印刷　製本／鈴木製本所

Printed in Japan

ISBN4-588-46007-2